나에게 영혼을 준 건 세 번째 사랑이었지

나에게 영혼을 준 건
세 번째 사랑이었지

최영미 시인이 엮은 명시들

해냄

시인의 말

어릴 때부터 시를 좋아했습니다. 멋진 시를 보면, 멋진 문장을 보면 저절로 외워졌어요. 그래서 지금도 외우는 시가 꽤 되어 가끔 술을 마시거나 심심할 때, 머리에 저장된 싯귀들을 꺼내어 줄줄이 읊어봅니다. 누구 하나 들어주는 사람이 없어도 노래를 부를 때처럼 신이 나서, 한번 시를 떠올리기 시작하면 몇 번이고 다시 외우느라 제가 내려야 할 버스 정류장을 그냥 지나칠 때도 있습니다.

시는 저를 더 부유한 사람으로, 더 훌륭한 사람으로 만들지는 않았지만 저를 더 재미있는 사람으로 만들었지요. 어려서부터 시를 가까이하며 동서고금의 시인들의 삶에서 우러난 지혜, 어떤 난관도 이기는 재치, 통렬한 표현들을 사랑했습니다. 아름다운 시들을 읽고 외우며 저도 모르게 몸에 밴 습관, 생기발랄하고 의표를 찌르는 말로 친구들을 웃기는 게 저의 취미가 되었습니다.

처음 시인이 되었을 때, 어떤 일이 있어도 마감이 닥치면 시라는 것을 써내야 하는 사람이 되었을 때, 어떤 선배가 제게 한 말이 생각납니다. "최영미는 좋겠다. 평생 갖고 놀 장난감이 생겨서……." 시는 제게 장난감이었고, 또한 이 풍진 세상과 맞서 싸우는 무기였습니다. 시가 있어 심심하지 않았습니다. 시를 통해 벼린 언어의 힘으로 세상의 부당함에 맞서 싸웠고 작은 승리를 쟁취했지요.

세속의 먼지를 흡입하며 하루하루를 견디는 현대인이 더 위대해 보이는 오후, 늙은 시인이 되어 배반과 쓰라림을 경험한 뒤에 다시 시를 읽습니다. 그냥 별생각 없이 별 기대 없이 시집을 넘기다 별안간 눈이 번쩍 뜨이고 가슴이 서늘해지며, 바깥세상들이 내 시야에서 지워지고 시간이 멈추는 기적. 위대한 자연을 보면 우리의 근심 걱정이 사라지듯이, 좋은 시는 우리를 다른 곳으로 데려가 인생의 슬픔을 잠시 내려두게 하는 힘이 있습니다.

지난 2년간 〈최영미의 어떤 시〉라는 제목으로 신문에 매주 연재하던 글, 세계의 명시에 해설을 곁들인 글 중에서 제가 아끼던 꼭지들을 골라 책으로 엮었습니다. 글을 연재하는 동안 때로는 마감에 쫓겨 적당한 시를 찾느라 도서관 계단을 오르내리며 지칠 때도 있었지만, 부지런히 시를 읽고 해설을 쓰던 그때가 지금은 그립습니다. 시를 말하며 행복했습니다. 제가 느낀 행복을 여러분도 경험하시기를 소망합니다.

2024년 11월의 어느 날
최영미 드림

차례

시인의 말 5

1장 하루 종일 내 사랑과

2장 지난 시절은 돌아오지 않아도

3장 적당한 고독

4장 가장 좋은 것

일러두기

* 시의 표기는 출전에 따르는 것을 원칙으로 하였으나 몇몇 작품은 현대어로
  표기를 다듬었습니다.
* 해외 시 중 옮긴이의 이름이 명시되어 있지 않은 작품은 최영미 시인이 직
  접 번역한 것입니다.

1장

하루 종일 내 사랑과

서시

간이식당에서 저녁을 사 먹었습니다
늦고 헐한 저녁이 옵니다
낯선 바람이 부는 거리는 미끄럽습니다
사랑하는 사람이여, 당신이 맞은편 골목에서
문득 나를 알아볼 때까지
나는 정처 없습니다

당신이 문득 나를 알아볼 때까지
나는 정처 없습니다
사방에서 새소리 번쩍이며 흘러내리고
어두워가며 몸 뒤트는 풀밭,
당신을 부르는 내 목소리
키 큰 미루나무 사이로 잎잎이 춤춥니다

이성복(1952~)

14

내가 읽은 서시 중에 가장 아름다운 서시. 시집 『남해 금산』의 첫머리에 나오는 시인데, 젊은 날 이성복 시인의 날카로운 감수성과 순수한 열정이 우리를 긴장시킨다.

그냥 그렇고 그런 상투적인 표현이 거의 없고, 쉬운 듯 어렵고 어려운 듯 쉬운 시다. "늦고 헐한 저녁" 싸구려 간이식당에서 저녁을 사 먹은 시인은 사랑을 혹은 사랑하는 이를 생각하며 "낯선 바람이 부는 거리"를 걷는다. 당신이 "문득 나를 알아볼 때까지" 이 거리는 내게 낯설다.

그는 공감각적 심상에 아주 능한 시인이다. 2연의 3행을 보라. '새소리'(청각)가 '번쩍이며'(시각) 흘러내리고…… "몸 뒤트는 풀밭"이라니. 참으로 창의적이며 애절한 묘사 아닌가.

그의 시는 마치 움직이는 그림 같다. 사랑이라는 진부한 감정을 이토록 새롭게 역동적으로, 입체적으로 보여주는 시인의 능력에 감탄할 수밖에.

사랑을 길구하는 불인한 청춘의 이느 저녁이 눈부시게 아름다워, 눈물이 난다.

6월이 오면 When June is Come

6월이 오면, 하루 종일 내 사랑과
향긋한 건초 더미 위에 앉아 있을래 :
산들바람 부는 하늘에
흰 구름들이 만드는
햇살 눈부신 궁전들을 구경할 거야.

그녀는 노래하고,
나 그녀 위해 노래를 짓고
하루 종일 달콤한 시들을 읽어야지 :
아무에게도 보이지 않는
건초로 지은 집에 누워,
오, 인생은 즐거워라 6월이 오면.

로버트 브리지스(Robert Bridges 1844~1930)

"건초로 지은 집(our hay built home)"이라는 표현이 재미있다. 건초 더미를 쌓아 올려 만든 집에 누웠다는 말이 아니라, 사람들 눈에 띄지 않는 건초 더미 위에 누워 아무에게도 방해받지 않고 사랑을 속삭이니 집이나 마찬가지라는 뜻이렸다.

요즘도 이런 젊은이들이 있을까. 있어야 한다. 높은 빌딩, 시멘트에 포위되어 하늘을 떠다니는 구름의 마술을 관찰하기 쉽지 않은 도시에서 사랑을 하려면 돈이 든다. 도시에서는 노래를 부를 때도 돈을 낸다. 공기도 통하지 않는 컴컴한 지하의 노래방에서 유행가를 부르는 대한의 남녀들에게 「6월이 오면」을 들려주고 싶다.

잔디에 앉아 노래도 부르고 시도 외우고 시시각각 변하는 구름들로 근사한 궁전을 짓고 천년만년 살고 지고. 그대가 곁에 있으면 어디든 집이 아니랴. 그대가 옆에 있으면 거름 냄새도 향긋할 것이다.

Poppy Field (1873)

밤눈

겨울밤
노천 역에서
전동차를 기다리며 우리는
서로의 집이 되고 싶었다
안으로 들어가
온갖 부끄러움 감출 수 있는
따스한 방이 되고 싶었다
눈이 내려도
바람이 불어도
날이 밝을 때까지 우리는
서로의 바깥이 되고 싶었다

김광규(1941~)

사랑이란 "서로의 바깥이 되"는 것. 편안하게 읽히나 깊은 여운을 남기는 시. 복잡한 비유나 상징이 없어도 이렇게나 감동적이고 좋은 시를 만들 수 있다.

겨울 여행을 며칠 앞두고 「밤눈」을 읽었다. 겨울밤 노천역이 얼마나 춥고 을씨년스러운지, 밤늦게 서울역에 내려본 사람은 알리라. 저 멀리 보이는 따스한 방을 찾아 두리번거리며 발을 동동 구르고, 전동차에 올라타 기어이 내 방에 도착했을 때, 칼바람을 막아줄 집이 있다는 행운에 나는 감사했다.

이 시가 수록된 김광규 시인의 네 번째 시집 『좀팽이처럼』에 실린 해설에서 이남호 평론가는 이렇게 썼다. "김광규의 시는 그 생각에 비뚤음이 없으며 그 어조에 격렬한 부르짖음이 없으며 그 은유에 현란한 모호성이 없고 그 관심이 소박한 일상을 넘어서지 아니한다."

그의 시는 또렷하고 건강하고 욕심이 없다. 이 살벌한 세상에서 우리를 살게 하는 것들은 무슨 대단한 지식이나 논리기 이니리 불현듯 떠오르는 어떤 웃음, 따뜻한 온기가 아닐까.

담벼락 틈새에 피어난 꽃 Flower in the Crannied Wall

갈라진 담벼락에 피어난 꽃이여,

틈새에서 너를 뽑아

내 손에 들었네,

여기 너의 뿌리며 모두 다 있네,

작은 꽃—네가 무엇인지,

너의 뿌리와 전부를

내가 이해할 수 있다면,

신과 인간에 대해서도 무엇이든 알게 되겠지.

알프레드 테니슨(Alfred Tennyson 1809~1892)

길을 걷다가 담벼락 틈새에 피어난 작은 꽃을 보고 황홀해하던 기억이 누구든 있을 것이다. 벽이든 아스팔트 바닥이든 자그마한 틈새만 있어도 뿌리를 내리는 그 강인한 생명력. 꽃밭에 모여 있는, 화훼 전시장에 진열된 화려하고 늠름한 꽃보다 우연히 발견한 시멘트 틈새의 꽃이 내겐 더 아름답다.

먼지를 뒤집어쓰고 바람에 흔들리는 야생화. 살아 있는 꽃을 그는 왜 꺾어야 했나. 한 송이 꽃을 통해 신과 자연, 그리고 인간을 말하는 이 철학적인 시의 2행에 나오는 동사 "뽑아(pluck)"가 마음에 거슬렸다. 'pluck'을 '꺾어'가 아니라 '뽑아'라고 번역하면 피를 덜 흘려 마음이 편해질까.

테니슨이 이 시를 쓴 해는 1863년, 식물학이 눈부시게 발전해 꽃 한 송이를 낱낱이 해부하면 그 종의 기원과 생명의 비밀까지도 인간이 알 수 있다는 과학적 낙관주의가 영국을 지배하던 시기. 1859년 『종의 기원』을 발표한 찰스 다윈은 테니슨과 같은 해에 태어났다. 벽에 핀 작은 꽃도 철저히 관찰하고 통찰했던 산업 혁명의 시대, 대영 제국의 현미경처럼 위대한 예술.

꿈과 근심

밤 근심이 하 길기에
꿈도 길 줄 알았더니
님을 보러 가는 길에
반도 못 가서 깨었구나

새벽 꿈이 하 짧기에
근심도 짧을 줄 알았더니
근심에서 근심으로
끝 간 데를 모르겠다

만일 님에게도
꿈과 근심이 있거든
차라리
근심이 꿈 되고 꿈이 근심 되어라

한용운(1879~1944)

백여 년 전에 쓰인 시인데 그다지 낡아 보이지 않는다. 근심이 많아 잠 못 이루는 밤, 밤은 길고 새벽은 짧다. 꿈에서 님을 만났는데 누군들 깨고 싶으랴.

시에 나오는 '님'은 누구일까? 만해 한용운 시인의 대표작 「님의 침묵」에 나오는 '님'은 부처님이라고 국어 시간에 배웠다. 과연 그럴까? 그는 두 번이나 결혼했고 아들과 딸도 있었다. 여자를 아는 사람이었기에 이토록 정감 있는 시를 쓴 게 아닌가.

'밤'과 '새벽', '길다'와 '짧다'의 대비가 절묘하고 1연과 2연의 1·2·4행이 거의 완벽한 대구를 보여준다.

일제 강점기 시인이며 승려이며 독립운동가⋯⋯. 그에게 따라붙는 수식어는 많다. 내가 만해의 시에서 가장 높이 평가하는 것은 그 탁월한 언어 감각이다. "밤 근심이 하 길기에"의 '하'에 나는 탄복했다. '하'가 들어가야 운율이 맞는다. 만해의 시를 제대로 음미하려면 소리 내어 읽어야 한다.

서른 무렵에 만해의 「나룻배와 행인」 「꿈과 근심」 같은 시를 즐겨 외웠다. 시대와 성별을 뛰어넘어 뭔가 통하는 게 있었다.

남해 금산

한 여자 돌 속에 묻혀 있었네
그 여자 사랑에 나도 돌 속에 들어갔네
어느 여름 비 많이 오고
그 여자 울면서 돌 속에서 떠나갔네
떠나가는 그 여자 해와 달이 끌어주었네
남해 금산 푸른 하늘가에 나 혼자 있네
남해 금산 푸른 바닷물 속에 나 혼자 잠기네

이성복(1952~)

시라기보다 노래에 가까운, 잘 다듬어진 조각 같은 작품이다. 그 아름다운 이미지가 단순명료한 제목과 함께 내 뇌리에 박혀 있다 어느 여름날 불현듯 떠오른다. "그 여자"를 따라 돌 속에 들어간 사내. 사랑하면 어디든 못 가리. 지옥불 속에라도, 망망대해 외딴섬에라도, 북극에라도 기꺼이 따라가겠지.

예스러운 '~네'로 끝나는 행들. 시를 베끼며 우리나라 오래된 시가의 전통과 맞닿은 「남해 금산」의 서정적인 운율이 새롭게 다가왔다.

시에서 사랑이라는 단어는 딱 한 번 2행에 나온다. '사랑해'가 아니라 '사랑에'라고 썼다. 일곱 행의 짧은 시인데 앞의 다섯 행에 '여자' 혹은 '여름'이 들어가 있는 것도 눈에 띈다. 제목인 '남해 금산(南海 錦山)'과 '여자(女子)'를 제외하고는 한자나 외래어를 찾아볼 수 없는, 순수한 우리말로 지어진 연가.

남해의 금산은 기암괴석이 많고 산 아래로 보이는 푸른 바다가 절경이다. 금산 38경 중에 '상사 바위'가 있다. 상사병에 걸린 이느 남자의 전설이 시인의 손에서 다시 태어난 게 아닐까.

거울 속을 들여다보네 I Look into My Glass

거울 속을 들여다보네,
황폐해지는 내 피부를 보네,
그리고 이렇게 말하네, "하나님께서 차라리
내 심장을 저렇게 수척하게, 사그라지게 하셨더라면!"

그러면 차라리 점점 싸늘해지는 심장이
나를 괴롭힐 리 없으니,
나는 평온하게
영원한 안식을 외로이 기다릴 수 있을 텐데.

그러나 '세월'은 나를 슬프게 하려고,
어떤 부분은 빼앗아 가고, 어떤 부분은 남겨 두네,
그리고 한낮의 두근거림으로
이 저녁의 허약한 뼈대를 흔드네.

토머스 하디(Thomas Hardy 1840~1928)
윤명옥 옮김

소설 『테스』로 유명한 영국의 작가 토머스 하디는 시도 곧잘 썼다. 특히 연애시를 잘 썼다. 「거울 속을 들여다보네」는 하디가 나이가 들어 만난 어떤 여인에게서 느낀 연애 감정을 에둘러 표현한 시다. 마지막 행에 나오는 "이 저녁의 허약한 뼈대(this fragile frame at eve)"가 없었다면 그저 그렇고 그런 작품이 되었을지도 모른다.

젊은 날 그의 팔팔 끓는 가슴에서 나온 시처럼 강렬한 맛은 사라졌지만, 차분히 한 행 한 행 음미하노라면 슬픔이 천천히 차오른다. 날이 갈수록 황폐해지는 피부와 나이가 들어서도 식지 않는 연정을 느끼는 심장을 대비하며, '피부'가 아니라 '심장'을 늙게 해달라고 하나님에게 떼를 쓰는 그가 철없는 응석꾸러기처럼 보였다. 누구는 황폐하고 까칠해지는 피부 따위는 신경도 못 쓰고 하루하루 살기 바쁜데 한가하게 사랑 타령하는 이 인간을 어디까지 봐줘야 하나. 욕심 많은 시인에게 약간의 불편함을 느꼈다가 2연에 이르러 한 방 먹었다. 내 심장이 수척해진다면 "영원한 안식(죽음)을 외로이 기다릴 수" 있겠다니. 영원한 안식을 외로이 기다리던 분들이 생각나 마음이 먹먹해졌다.

성성만, 이리 보고 저리 보아도 声声慢·寻寻觅觅

이리 보고 저리 보아도
쓸쓸하고 쓸쓸할 뿐이라
처량하고 암담하고 걱정스럽구나.
잠깐 따뜻하다 금방 추워지곤 하는 계절
편안한 마음으로 쉴 수가 없네.
강술 두세 잔 마셔본들
밤이 오면 부는 급한 바람을
어떻게 감당하랴
기러기도 떠나버렸는데
정말로 가슴 아픈 건
이전에 서로 알던 사이라는 것.

온 땅에 노란 국화 쌓였는데
지독하게 말랐으니
이젠 누가 따 준단 말인가
창가를 지키고 서서
어두워지는 하늘 어떻게 홀로 마주할까
게다가 오동잎에 내리는 가랑비
황혼이 되어도
방울방울 그치지 않네.
이 광경을

어찌 시름 수(愁) 한 자로 마무리하랴

이청조(李淸照 1084~1155)

류인 옮김

중국 최고의 여성 시인이라는 이청조가 쓴 송사(宋詞). 송사란 송나라의 문학 양식을 일컫는다. 제목 앞에 붙은 '성성만(声声慢)'은 곡조 이름인데, 곡조 이름에 '만(慢)'이 붙으면 박자가 느린 곡에 맞추어 쓴 노래를 의미한다. 쓸쓸한 이별 노래는 박자가 빠른 곡에 어울리지 않는다.

내가 본 송사들 중에 가장 기억에 남는 첫 행. "이리 보고 저리 보아도"처럼 편안하면서 독특하게 시작하는 송사를 나는 알지 못한다. 여성이기에 격식에 덜 얽매였고, 그래서 이처럼 자유로운 구어체 표현을 쓰지 않았나.

이청조는 첫 남편과 사이가 아주 좋았는데, 그가 마흔여섯 살이었던 해에 남편이 병사하고 금나라 군대의 공격을 받아 고달픈 피난길을 떠난 뒤 시가 우울해진다. "오동잎에 내리는 가랑비"를 보며 툭 던지듯 뱉은 마지막 행에 남편을 잃은 슬픔과 피난길의 고통이 배어 있다.

매실을 따고 있네요 摽有梅

매실을 따고 있네요
일곱 개만 남았네요
나를 찾는 님이시여
날 좀 데려가세요

매실을 따고 있네요
세 개만 남았네요
나를 찾는 님이시여
지금 빨리 오세요

매실을 다 땄네요
광주리에 담고 있네요
나를 찾는 님이시여
말만이라도 해주세요

작자 미상
이기동 옮김

지금부터 이천오백여 년 전, 공자가 편찬했다는 『시경』에 실린 노래다. 매실이 익을 무렵 그의 청춘도 무르익어 날 좀 데려가 달라고 님을 부른다. 중국의 어느 지방에서 매실을 따며 부르던 민요일 텐데, 초여름에 매실을 따는 고된 노동이 사랑 노래를 부르며 좀 가벼워졌으리라.

반복되는 후렴구 "나를 찾는 님이시여"의 앞뒤가 재미있다. "일곱 개만 남았네요", "세 개만 남았네요". 일곱 개 남은 매실이 세 개로 줄고, 그네의 가슴은 타들어간다. 그는 언제 오는가. 매실을 따서 광주리에 담는 과정을 따라가는 속도감 있는 묘사가 탁월하다.

유교 경전의 하나라는 이유로 『시경』은 고리타분할 것이라고 지레짐작해 멀리하다 최근에야 비로소 찾아 읽었다. 시경에 엮인 시가 삼백여 편 중 기억에 나는 것은 대개 사랑 노래.

선물 Gifts

나는 내 첫사랑에게 웃음을 주었고,
두 번째 사랑에게 눈물을 주었고,
세 번째 사랑에게는 그 오랜 세월
침묵을 주었지.

내 첫사랑은 내게 노래를 주었지,
두 번째 사랑은 내 눈을 뜨게 했고,
아, 그런데 나에게 영혼을 준 건
세 번째 사랑이었지.

사라 티즈데일(Sara Teasdale 1884~1933)

미국의 시인 사라 티즈데일은 서정적이고 감각적인 연애 시를 많이 남겼다.

'내 사랑에게 무엇을 준다'라는 문구의 반복과 눈물, 노래, 침묵이라는 단어들은 그가 쓴 다른 시 「아말피의 밤 노래(Night Song at Amalfi)」를 연상시킨다. "나는 그에게 울음을 주고, / 노래도 줄 수 있으련만— / 하지만 어떻게 침묵을 주리요 / 내 온 생애가 담긴 침묵을?"로 끝나는 「아말피의 밤 노래」를 줄줄 외다시피 좋아했었다. 어느 시를 먼저 썼는지 알 수 없지만 한평생 시를 쓰다 보면 비슷한 느낌의 시를 자신도 모르게 반복할 수 있다.

「선물」이라는 제목이 의미심장하다. 눈물도 선물이 될 수 있을까? 이 시를 읽고 첫사랑을 떠올리는 사람도 있을 것이고, 마지막 사랑을 떠올리는 사람도 있을 것이다. 첫사랑이 이 시에서처럼 웃음과 노래로 시작하는 인생은 축복받은 거 아닌가.

시에서는 마지막 세 번째 사랑에 방점이 찍혀 있다. 웃음과 눈물 뒤에 오는 침묵. 내가 그에게 오래된 침묵을 주었더니 그는 내게 영혼을 주었다! 그를 만나기 전에도 나는, 내 육체는 살아 있었지만 내 영혼을 내게 돌려준 이는 그이야. 나에게도 영혼이 있다는 걸 알게 해준 이는 그이야. 그러니 소중하지 않겠는가.

무화과 숲

쌀을 씻다가
창밖을 봤다

숲으로 이어지는 길이었다

그 사람이 들어갔다 나오지 않았다
옛날 일이다

저녁에는 저녁을 먹어야지

아침에는
아침을 먹고

밤에는 눈을 감았다
사랑해도 혼나지 않는 꿈이었다

황인찬(1988~)

"사랑해도 혼나지 않는 꿈"이 신선해 보고 또 보았다. 시인이 아직 젊으니까, 뭘 해서 가끔 어른들에게 혼나기도 하는 나이니까 이런 재미있는 표현이 나오지 않았을까.

사랑해서, 혹은 사랑하지 않아서 혼이 난 경험이 누구에게나 있을 것이다. 아침에 아침을 먹고 저녁에 저녁을 먹듯 사랑이 쉬우면 얼마나 좋을까.

젊음의 치기가 느껴지는 시. 젊지만 노련한, 사람들 마음 깊숙한 곳을 건드리는 언어의 힘. '쌀'로 시작해 '꿈이었다'로 끝나는 정교한 작품이다.

무화과는 내가 좋아하는 여름 과일이다. 7월이 가까워지면 백화점이나 슈퍼마켓의 식품 매장에 가서 '무화과가 나왔나?' 휙 둘러보곤 한다. 겉은 거칠고 이상하게 생겼지만, 안은 달콤하다. 무화과 한 상자를 사서 깨끗이 씻어 냉장고에 넣어두고 한 알씩 빼먹다가, 남으면 냉동실에 넣어둔다. 무더운 여름날 꽁꽁 언 무화과를 실온에 십 분쯤 두면 아이스케키처럼 사각거린다. 실온에 오래 두면 철 지난 사랑처럼 축 처져서 물이 많이 나오는데, 그건 또 그것대로 맛이 있다. 7월 말에서 8월 초까지 잠깐만 나오는 귀한 과일이라 때를 놓치면 끝.

열매를 맺지 못한 빨시랑시 주렁주렁 매달린 무화과이 숲을 지나…… 혼나도 좋으니까 사랑이여.

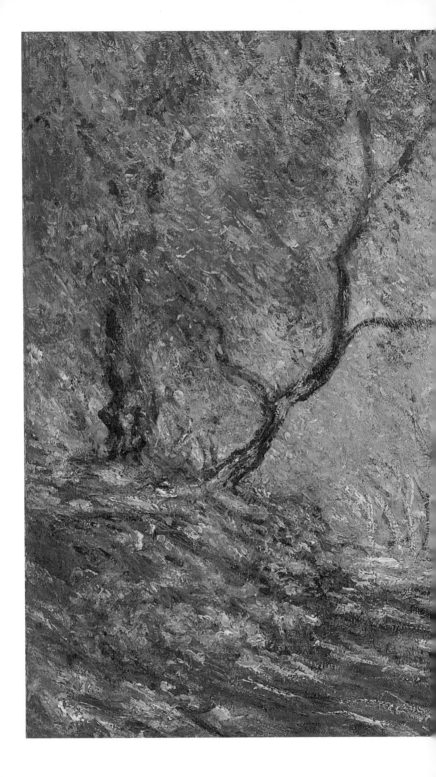

Bois d'oliviers au jardin Moreno (1884)

2장

지난 시절은 돌아오지 않아도

바퀴 The Wheel

겨울이면 우리는 봄을 찾고
봄이 오면 여름을 애타게 부르며
생울타리가 이곳저곳 둘러쳐질 때면
겨울이 최고라고 선언한다;
그 다음에는 좋은 것이 없다
왜냐하면 봄이 오지 않았기에—
우리의 피를 휘저어놓는 건
무덤에 대한 갈망뿐임을 알지 못한다.

윌리엄 버틀러 예이츠(William Butler Yeats 1865~1939)

내가 읽은 예이츠의 시 중에서 가장 슬픈 시. 아마도 시인이 노년에 썼으리라. 인생의 바퀴, 자연과 계절의 순환을 암시하는 제목이 절묘하다. 우울한 분위기가 에드바르트 뭉크의 〈삶의 춤〉을 닮았다. 봄과 여름 그리고 겨울이라는 단어는 있지만 '가을'이 보이지 않는다는 것도 특이하다.

앞의 네 행은 그 뜻이 분명하고 달콤하나, 뒤에 독이 묻어 있다. 현재에 만족하지 못하고 겨울에는 봄을, 봄에는 여름을, 여름에는 겨울을 갈망하는 인간들. 항상 더 좋은 상태를 바라며 생을 보내다 갑자기 우리는 깨닫는다. 그때 우리가 가진 것이 최고였다는 사실을. 알게 되었을 때는 이미 늦었다. 노년이 되어서야, 가을이 되어서야 부족한 것처럼 보였던 봄과 여름이 나름 찬란했음을 아프게 깨달으리.

짧고 핵심을 찌르는 시구들을 음미할수록 슬픔이 차오른다. 우리의 피를 휘젓는 건 죽음에 대한 갈망이라니. 늦게 결혼해 아이도 낳고 행복한 노년을 보낸 예이츠 아니던가. 노벨 문학상을 받고 아일랜드의 상원의원을 지낸 그의 주위엔 그를 흠모하는 우아한 방문객과 친구가 많았다. 그에게도 우리가 모르는 그늘이 있었다. 아리송하나 그게 이 시의 매력. 뒤의 두 행을 내가 오역했을 수도 있다. 현명한 독자들이 더 많은 것을 발견하길 기대하며…… 더 설명하지 않고 모호한 채로 놔두련다. 바퀴는 계속 굴러가야 하니까.

봄

지난 시절은 돌아오지 않아도
지난 계절은 돌아오고

시든 청춘은 다시 피지 않아도
시든 꽃은 다시 피고

빈자리는 채워지지 않아도
빈 술잔은 채워지고

주병권(1962~)

짧지만 폐부를 찌르는 시. 다시 돌아오는 계절과 돌아오지 않는 시절의 대비, 다시 피지 않는 청춘의 비유도 훌륭하다.

내가 아주 힘들 때 이 시를 읽었기에 더 기억에 남는 시다. 청춘은 다시 돌아오지 않아도 좋으니, 떠난 이들이 돌아오는 그런 계절이 있으면 좋겠다.

두 행이 한 연을 이루는데, 모두 두운을 주었고 서로 상반되는 서술어를 붙였다. '지난'으로 시작한 1연, '시든'이 반복되는 2연, '빈'으로 시작한 3연. 빈자리를 빈 술잔이 메울 수 있을까. 만물이 소생하는 봄이 되어 더욱 커지는 당신의 빈자리. 봄꽃들을 보기가 괴롭다.

행의 끝에 '도'와 '고'가 엇갈려 반복되고 세 연이 모두 '고'로 끝난다. 문학을 전공하지 않았지만 구병권 시인은 누구 못지않게 시를 사랑하고 언어 감각이 탁월한 사람이다.

미라보 다리 Le Pont Mirabeau

미라보 다리 아래 세느 강이 흐르고
우리들의 사랑도 흘러간다
허나 괴로움에 이어서 오는 기쁨을
나는 또한 기억하고 있나니

밤이여 오라 종은 울려라
세월은 흐르고 나는 여기 있다

손과 손을 붙들고 마주 대하자
우리들의 팔 밑으로
미끄러운 물결의
영원한 눈길이 지나갈 때

밤이여 오라 종은 울려라
세월은 흐르고 나는 여기 있다

흐르는 물결같이 사랑은 지나간다
사랑은 지나간다
삶이 느리듯이
희망이 강렬하듯이

밤이여 오라 종은 울려라
세월은 흐르고 나는 여기 있다

날이 가고 세월이 지나면
흘러간 시간도
사랑도 돌아오지 않고
미라보 다리 아래 세느 강만 흐른다

밤이여 오라 종은 울려라
세월은 흐르고 나는 여기 있다.

기욤 아폴리네르(Guillaume Apollinaire 1880~1918)
송재영 옮김

파리에 여러 번 갔지만 미라보 다리에 간 적은 없다. 미라보 다리는 1896년에 세워진 아치형 다리. 사진으로 보니 파리의 모든 것들이 그러하듯 아름답다.

이 아름다운 다리에서 연인과 사랑을 속삭이다 헤어지는 복을 누렸으니 아폴리네르는 행복한 시인이다. 그의 뮤즈였던 화가 마리 로랑생은 센강의 이쪽에 살고 그는 강의 저쪽에 살았다고 한다. 어느 날 둘은 헤어졌고 홀로 미라보 다리를 찾은 시인은 흐르는 강물을 내려다보며 추억에 잠긴다. 강물이 흐르듯 삶은 지나가고 사랑도 지나간다.

시의 후반부에 나오는 "삶이 느리듯이 / 희망이 강렬하듯이"를 읽으며 시인이 이 시를 쓴 연대가 궁금해졌다. 중년을 훌쩍 넘긴 내게 삶은 느리지 않고 희망도 강렬하지 않다. 젊은 날의 시간들은 느리게 흘러가고, 희망은 더 또렷하다. 나이가 들면 자신이 뭘 원했는지도 잊고 산다.

서른두 살에 「미라보 다리」를 쓰고 4년 뒤 제1차 세계대전에 참전해 부상당한 아폴리네르는 1918년 스페인 독감에 감염되어 서른여덟 살의 나이로 세상을 떠난다.

'큐비즘'과 '초현실주의'라는 말을 처음 사용했고, 시대를 앞서가던 시인이자 미술 평론가였으며 프랑스를 위해 싸우다 죽은 그는 파리의 페르 라셰즈(Père Lachaise) 묘지에 묻혔다.

Young Girls in a Row Boat (1887)

가는 봄이여 行春や

가는 봄이여
새 울고 물고기의
눈에는 눈물

마츠오 바쇼(松尾芭蕉 1644~1694)

김정례 옮김

하이쿠가 촘촘히 박혀 있는 기행문『바쇼의 하이쿠 기행 1 오쿠로 가는 작은 길』을 다시 읽었다.

에도(도쿄)를 떠나는 날 아침, 친하게 지내던 이들과 헤어져 여행을 떠나는 감회를 적은 「가는 봄이여」에서 가장 뜨거운 단어는 '눈물'이다. 바쇼의 글에는 '눈물'이 자주 나온다. 눈물이 많아지는 나이 마흔여섯 살에 제자 소라와 함께 에도를 떠난 바쇼는 이천사백 킬로미터의 먼 길을 걸어서 여행했다.

'눈물'은 하급 무사 출신 방랑 시인 바쇼의 서민적 성정을 드러내는 특징일 수도 있다. "새 울고"로 자신의 울음을 감추고, 얼마나 슬프면 물고기의 눈에서 눈물을 보았을까.

5·7·5의 17자 정형시 하이쿠에는 계절을 드러내는 시어가 꼭 나온다. 이 시의 계절어는 "가는 봄"이다.

바위에 스며드는 매미 소리 岩にしみ入る蝉の声

조용함이여
바위에 스며드는
매미 울음 소리

같은 책에 실린 또 다른 하이쿠. 하이쿠의 맛을 제대로 느
낄 수 있는 절묘한 시다. 조용한 산사를 뒤흔드는 매미의 울
음소리. 생명의 소리. 얼마나 조용하면 "바위에 스며드는" 매
미의 울음소리가 들렸을까.

정적이 감도는 산사에 이르러 시인이 읊은 하이쿠 「바위에
스며드는 매미 소리」 덕분에 유명해진 릿샤쿠지(立石寺)에는
바쇼의 흔적을 찾아오는 관광객이 1년에 백만 명이라니. 일
본인들이 얼마나 하이쿠를 사랑하는지 알겠다.

시계추를 쳐다보며

밤이나 낮이나 한결같이 왔다 갔다 갔다 왔다.
언제나 그것만 되풀이하는 시계추의 생활은 얼마나 심심할꼬
가는가 하면 오고 오는가 하면 가서 언제나 그 자리언만
긴장한 표정으로 평생을 쉬지 않고 하닥하닥 걸음만 걷고 있
는 시계추의 생활을
나는 나는 비웃을 자격이 있을까
나 역시 가는 것도 오는 것도 아닌 그저 그 세월 안에서
세월이 간다고 간다고 감각되어 과거니 현재니
구별을 해가면서 날마다 날마다 늙어가는 인생이 아닌가
늙고는 죽고, 죽고는 나고, 나고는 또 늙는 영원한 길손여객이
아니런가.

김일엽(1896~1971)

벽시계를 보며 이런 상념을 이끌어내다니. 언어의 밀도는 시라기보다 산문에 가깝지만, 생활에서 우러나온 주제를 다루는 진정성, 사고의 깊이와 절절함, 참신한 묘사가 돋보이는 시.

무생물인 시계추를 의인화해 "하닥하닥 걸음만 걷고 있는"이라고 쓴 4행의 표현이 재미있다. "가는 것도 오는 것도 아닌" 그저 그런 세월의 감각 또한 아프고 절절하다.

일제 강점기에 자유연애와 여성 해방을 주장하며 우리나라 최초의 여성 잡지 《신여자》를 창간하고 활발한 사회 활동을 했던 김일엽 시인은 그와 동년배 신여성인 나혜석, 김명순과 달리 평화로운 인생 후반기를 보냈다. 1927년 《조선일보》에 "정신적인 정조가 육체적인 정조보다 중요하다"는 글을 발표해 커다란 파문을 일으키고 1년 뒤 수덕사에 입산했는데, 수도승이 되지 않았다면 그 또한 살아남기 힘들었을 게다.

금빛은 오래 머물지 않는다 Nothing Gold Can Stay

자연의 첫 초목은 금빛이었지,

오래 머물러 있기 어려운 색조.

그 첫 잎은 꽃이었지;

그러나 한 시간도 지나지 않아,

잎이 잎으로 가라앉고

에덴동산에 슬픔이 내려앉고,

새벽이 낮에 굴복하고,

어떤 금빛도 오래 갈 수 없지.

로버트 프로스트(Robert Frost 1874~1963)

소중하고 아름다운 것들은 오래 지속되지 못한다.

원문의 1행은 "Nature's first green is gold"인데 'green'을 '초록'으로 번역하면 '초록이 금빛'이 되는 모순에 빠져, '초목으로 번역했다.

원문 6행에 나오는 대문자 'Eden'으로 미루어보건대 '금빛'은 천지창조 당시의 낙원에 넘치던 밝은 빛, 선하고 빛나는 순수를 말한다. 황금빛 에덴동산 그림을 보고 시를 착상했나? 바닷가의 일출을 보고 새벽하늘의 찬란한 금빛에 눈이 찔려 첫 행을 썼나? 시구가 어떻게 탄생했는지 추측해 보는 것도 시 읽기의 즐거움이다.

5행은 잎이 잎 위에 떨어져 쌓이는 상황으로 이해하면 좋겠다. 절정에 이르자, 화려한 꽃을 피우자마자 시들어 떨어지는 이파리들.

아름다운 순간은 오래 지속되지 못한다. 그래서 더 소중하다. 화단의 싱싱한 장미도 한철이거니와, 화사한 꽃을 보고 늘 기쁜 것도 아니다. 장미의 계절이 슬픔의 계절이 되는 건 한순간.

중난산 오두막 終南別業

중년이 되면서 불도에 심취하여
중난산 구석으로 최근 집을 옮겼다.
마음 내킬 때면 혼자 이리저리 다니니
스스로 깨침보다 나은 일은 없으리.
계곡물 끝나는 곳까지 걸어가
앉아 있으니 구름 일어나는 것이 보이네.
우연히 숲속 늙은이를 만나게 되어
서로 이야기하던 중 돌아갈 시간을 잊었네.

왕유(王維 701~761)

류인 옮김

중국 당나라의 시인이며 화가였던 왕유가 지은 오언율시. 자연을 노래하나 그 속에 늘 인간이 있고 깨달음이 있는 왕유의 시가 좋아지니 어느덧 중년을 지나 노년이라네.

처음 볼 때는 특별한 게 없는 듯하나 볼수록 좋아지고 자꾸 생각나는 시를 그는 썼다. 3행에 "마음 내킬 때면 혼자 이리저리" 다닌다는 심심한 글귀에서 "육신은 매이지 않은 배처럼 자유롭네"라고 했던 소동파가 연상되었다. 소동파의 한시가 톡 쏘는 강렬한 맛으로 우리를 사로잡는다면, 왕유의 시는 누룽지처럼 구수하다.

그가 믿고 따르던 재상이 축출당한 뒤 왕유는 중난산에 집을 짓고 살았는데, 훗날 꽤 높은 관직에 올랐으니 완전한 은둔은 아니었다. 4행 "勝事空自知"를 "좋은 일은 나 혼자 알 뿐"이라고 옮긴 번역도 있지만, 나는 류인 번역가의 해석 "스스로 깨침보다 나은 일은 없으리"가 더 와닿는다. 누구누구를 찾아가 길을 묻던 젊은 날들도 돌아보니 다 헛되고, 남의 말을 믿다 일을 망친 적이 얼마나 많았던가. 뼈아픈 실수로 눈물과 한숨의 밤을 보낸 뒤에야 우리는 깨닫는다. 가장 뛰어난 스승은 나 자신이라는 것을.

이리저리 돌아다니다 "우연히 숲속 늙은이를 만나" 서로 이야기하다 돌아갈 시간을 잊는 달달한 즐거움이 올 가을에 찾아오기를 기대한다.

마음속의 가을 Autumn Within

가을이다. 바깥이 아니라
내 마음속이 쌀쌀하다.
누리에 젊음과 봄이 한창인데,
나만 홀로 늙어버렸다.

새들이 허공을 날아다니고,
쉴 새 없이 노래하며 집을 짓는다.
곳곳에서 생명이 꿈틀대고 있다,
나의 외로운 가슴속을 빼고는.

거기만 고요하다. 죽은 잎들
떨어져 바스락거리다 잠잠해진다.
보리타작하는 소리도 그치고,
방앗간의 웅얼대는 소리도 멎었다.

헨리 워즈워스 롱펠로(Henry Wadsworth Longfellow 1807~1882)

김천봉 옮김

내 속의 가을을 절절하게 묘사한 시. 밖은 젊음의 활기로 가득한 봄인데, 내 마음속은 죽은 잎처럼 고요하다. 내 안과 바깥 풍경의 대비를 통해 내 안의 쌀쌀함이 더 두드러진다. 요란하게 변화하는 바깥, 변화를 거부하는 차가운 가슴.

8행에 나오는 '외로운'이라는 형용사를 빼면 시가 어떻게 될까? 더 절제되어 여운을 남기는 작품이 되지 않았을까. '외로운'이 없어도 앞에 몇 줄만 읽으면 시적 화자의 외로움은 충분히 감지된다.

미국의 국민 시인 헨리 워즈워스 롱펠로는 외로움이나 절망 같은 감정을 시에 직접 표출하는 것을 꺼려하지 않았다. 어떤 평론가들은 롱펠로의 시가 너무 센티멘털하고 스타일이 새롭지 않다며 그를 비판했지만, 미국 독자들은 인생의 중요한 문제들을 거침없이 다루는 롱펠로의 감상적인 시에 열광했다.

차라리 밖이 시끄러운 게 낫지, 방앗간 소리가 멈추고 사방이 고요해질 때, 그의 가을은 더욱 깊어지리.

Boulevard Héloise, Argenteuil (1872)

날아가는 낙엽 Das treibende Blätter

마른 나뭇잎 하나가
바람에 실려 내 앞을 날아간다.
방랑도 젊음도 그리고 사랑도
알맞은 시기와 종말이 있다.

저 잎은 궤도도 없이
바람이 부는 대로 날아만 가서
숲이나 시궁창에서 간신히 멈춘다.
나의 여로는 어디서 끝날까.

헤르만 헤세(Hermann Hesse 1877~1962)

송영택 옮김

내 나이 또래라면 모르는 이가 없을 독일 작가. 한국에서는 『데미안』『유리알 유희』『수레바퀴 아래서』등 소설로 더 알려졌지만 시도 곧잘 쓴 헤세.

중학생 시절에 그의 작품 『수레바퀴 아래서』를 읽으며 나는 가히 '사춘기 혁명'이라고도 할 만한 충격을 받았다. 삼중당 문고판으로 나온 헤르만 헤세의 책을 읽지 않았다면 나는 작가의 길을 걷지도 않았고, 오늘날처럼 독립적이고 개성이 강하며 '불편한' 여자가 되지 않았을지도 모른다.

그의 생몰 연대를 확인하며 약간의 낭패감이 들었다. 여든다섯 살까지 살았으니 아주 충분히 오래 산 시인 아닌가. 그의 시는 쉽고 센티멘털하다. '감상적'이라는 한국어가 있으나 더 적확한 표현을 위해 '센티멘털'. 시가 독자들에게 쉽게 다가간다는 것은 장점이자 단점이다.

바람에 실려 날아가는 나뭇잎 하나로 시 한 편을 만든 그의 재능은 칭찬할 만하다. 나뭇잎이든 뭐든 하나를 붙잡고 치열하게 응시하면 시가 나온다.

"방랑도 젊음도 그리고 사랑도 / 알맞은 시기와 종말이 있다"는 1연은 달콤했으나, 2연의 "궤도도 없이 / 바람이 부는 대로"에 이르러 심각해졌다가 "나의 여로는 어디서 끝날까"를 읽으며 문득 슬픔이 몰려와 몸을 가눌 수 없게 되었다.

감

이 맑은 가을 햇살 속에선
누구도 어쩔 수 없다
그냥 나이 먹고 철이 들 수밖에는

젊은 날
떫고 비리던 내 피도
저 붉은 단감으로 익을 수밖에는……

허영자(1938~)

가을이 얼마 남지 않았을 땐 감나무가 떠오른다. 학창 시절, 이웃집 담벼락을 지나칠 때 위로 뻗은 감나무에 매달린 감을 보며 가을을 느끼곤 했는데, 요즘 도시인들은 아파트에 살아 감나무를 보기 힘들다.

어디 하나 뺄 곳 없이 순도 높은 시어들로 완성된 시. "떫고 비리던"이라니. 얼마나 생생한 표현인가. 덜 익은 감의 떫은맛에 '비리던'이 들어가 청춘의 아픔과 서투른 우여곡절이 연상되었다. 붉은 기억들이 솟아 더 이상 떫고 비리지도 않은 "내 피"가 갑자기 약동하면서 빈속에 소주 한 병을 들이부은 듯 가슴이 쓰렸다. 너 언제 철이 들래?

허영자 시인은 현존하는 한국 시인 가운데 한국어의 맛과 향기를 가장 잘 구사하는 시인 중 한 분이다. 당신의 시를 읽을 때마다 노래처럼 자연스러운 리듬을 느끼는데, 아마도 시를 쓸 때 일부러 의식하지 않아도 우리말의 전통적인 운율이 몸에 배어 그대로 나오는 것 같다.

누구의 죄 Чья вина

그녀는 정답고 파리한 손을 나에게 내밀었다…… 그러나 나는 무뚝뚝하게 그 손을 떨쳐버렸다. 그 젊고 사랑스러운 얼굴에 당혹해하는 빛이 감돌았다. 그 젊고 선량한 두 눈이 책망하듯 나를 바라본다. 그 젊고 순결한 마음으로는 나를 이해할 수 없는 거다.

「제가 무슨 잘못이라도 했나요?」 그녀의 입술이 속삭인다.

「네가 잘못했다고? 네가 잘못을 저질렀다면, 저 찬연히 빛나는 대공의 가장 순결한 천사일지라도 너보다는 먼저 죄를 범했을 게다」

그래도 네가 지은 죄는 나에게 적은 것은 아니다.

네가 이해할 수 없고, 나도 네게 설명할 수 없는, 그 무거운 죄를 너는 알고 싶으냐?

「그럼 말하마 ──너의 청춘, 나의 노년」

이반 투르게네프(Ivan Sergeevich Turgenev 1818~1883)

김학수 옮김

66

"나의 노년". 그 한마디를 하려고 서두가 길었구나. 처음부터 답을 말하면 재미가 없지.

짧은 소설 같은 구성, 구어체의 대화와 지문으로 이루어진 산문시. 투르게네프는 말년에 82편의 산문시를 남겼다. 시치미를 떼고 느릿느릿 소곤거리다 막판에 독자를 놀라게 하는 솜씨. 투르게네프는 세련되고 우아한 이야기꾼이었다.

"네가 이해할 수 없고, 나도 네게 설명할 수 없는"에 나는 밑줄을 그었다. 젊은 애들은 늙은이를 모른다. 자기들이 노년을 경험하지 않기에……. 늙은이는 젊은것들을 이해하려 애쓰면 이해할 수 있다. 나도 젊은 적이 있었기에…….

젊은 날, 내가 읽은 투르게네프의 산문시집은 좀 지루했다. 인류를 구원하려는 톨스토이나 도스토옙스키처럼 거창하지 않지만, 너무 조심스럽게 빙빙 돌려 말하는 어법이 내게 와닿지 않았다. 투르게네프가 산문시들을 쓴 나이에 이르러 다시 보니 한 편 한 편이 가슴을 찌른다.

해넘이의 마지막 인사 Der letzte Sonnengruß

거룩한 태양이 녹아들고 있었다,
하얀 바다 속으로 뜨겁게—
바닷가에 수도사 두 사람이 앉아 있었다,
금발의 젊은이와 백발의 늙은이가.

늙은이는 생각하고 있었다.
언젠가 나도 쉬게 되리라, 이렇게 편안히—
젊은이도 생각하고 있었다.
내가 죽을 때도 영광의 광채가 내리기를.

라이너 마리아 릴케(Rainer Maria Rilke 1875~1926)
송영택 옮김

릴케가 이런 시도 썼구나. 연약하고 낭만적인 감수성의 시인으로 생각하기 쉽지만, 릴케의 시 세계는 바다처럼 넓고 깊다. 해가 넘어가는 황혼 무렵, 바닷가에 앉은 두 사람의 수도사를 뒤에서 바라보며 이런 거룩하고 심오한 생각을 하다니.

4행에 나오는 "금발의 젊은이"가 재미있다. 우리나라 시인이라면 '흑발의 젊은이'라고 했을 텐데, 유럽에서는 금발이 젊음의 상징인가.

마치 한 폭의 풍경화처럼 서정적이고 인상적인 1연에 이어 2연에서는 삶과 죽음, 젊음과 늙음에 대한 섬세한 통찰이 빛난다. 인상파의 터치처럼 시각적이고 현장감이 넘치며 간결한 언어들. 말이 아니라 생각으로 대화하는 두 인물이라는 설정도 흥미롭다. 두 수도사가 생각이 아니라 말을 교환했다면 시 전체에 흐르는 고독이 반감되고 긴장감이 덜했으리라.

때가 되어 바닷속으로 녹아드는 태양처럼 편안하게 이 세상과 마지막 인사를 할 수 있는 사람이 얼마나 될까.

약속 Promise

기억하라, 한 해의 이맘때
미래는 아무것도 쓰여지지 않은
백지(白紙)처럼 보이고
깨끗한 달력, 새로운 기회.
두텁게 쌓인 하얀 눈 위에
너는 새로운 발자국을 맹세한다
그리고 세찬 바람이 불어
그것들이 사라지는 걸 지켜보지.
너의 잔을 채우고 한 잔 마셔라.
약속들은
부서지고, 지켜지라고 만들어졌지.

재키 케이(Jackie Kay 1961~)

약속은 깨지라고 존재하는 것? 상식을 여봐란 듯이 뒤집는 결구가 왜 이리 시원한지. 따뜻한 바람이 불어 한순간 녹아내리는 눈덩이처럼 허망하게 부서지더라도 약속은 계속되어야 한다.

약속이라는 말이 이처럼 무겁게 반짝거리는 시를 보지 못했다. 우리가 흔히 쓰는 단어를 새롭게 정의하는 시인의 능력에 감탄사가 나올 수밖에.

재키 케이는 에든버러에서 태어난 시인. 스코틀랜드 출신의 어머니와 나이지리아 출신의 아버지에게서 태어나 어릴 적 백인 부부에게 입양되어 자랐다. 남다른 이력을 알고 나니 시가 다시 보인다. 그를 낳은 부모가 지키지 못한, 사랑의 약속은 깨어졌지만 아름다운 시를 낳았다.

새해를 맞을 때면 새로운 다짐을 하지만, 다짐은 다 짐이 되지 않던가. 달력이 없다면 이 지루하도록 긴 생을 어이 살았을까. 우리 앞에 놓인 시간을 1년 365일, 하루 24시간으로 쪼갠 인류의 지혜에 건배를! 아무리 비천한 인생, 보잘것없는 사람이라도 새해 첫날이 있어 해마다 새로 시작할 수 있으니. 세찬 바람에 표류하더라도 산다는 이 일을 포기하면 안 되리. 투명한 백포도주를 마시고 내가 지키지 못한 약속들을 불러내며 이 글을 쓰는 지금, 인생은 아름다워라.

두 번은 없다 Nic dwa razy

두 번은 없다. 지금도 그렇고
앞으로도 그럴 것이다. 그러므로 우리는
아무런 연습 없이 태어나서
아무런 훈련 없이 죽는다.

우리가, 세상이란 이름의 학교에서
가장 바보 같은 학생일지라도
여름에도 겨울에도
낙제란 없는 법.

반복되는 하루는 단 한 번도 없다.
두 번의 똑같은 밤도 없고,
두 번의 한결같은 입맞춤도 없고,
두 번의 동일한 눈빛도 없다.

어제, 누군가 내 곁에서
네 이름을 큰 소리로 불렀을 때,
내겐 마치 열린 창문으로
한 송이 장미꽃이 떨어져 내리는 것 같았다.

오늘, 우리가 이렇게 함께 있을 때,

난 벽을 향해 얼굴을 돌려버렸다.
장미? 장미가 어떤 모양이더라?
꽃인가, 아님 돌인가?

야속한 시간, 무엇 때문에 너는
쓸데없는 두려움을 자아내는가?
너는 존재한다 ― 그러므로 사라질 것이다
너는 사라진다 ― 그러므로 아름답다

미소 짓고, 어깨동무하며
우리 함께 일치점을 찾아보자.
비록 우리가 두 개의 투명한 물방울처럼
서로 다를지라도……

비스와바 쉼보르스카(Wislawa Szymborska 1923~2012)
최성은 옮김

이 시에서 가장 멋진 표현은 "두 개의 투명한 물방울처럼"이다. 인류에 대한, 가깝고도 먼 이웃에 대한 참으로 적절하며 멋진 비유 아닌가.

시를 읽으며 하얀 접시 위에 떨어진 두 개의 눈물 같은 물방울을 상상했다. 혹은 지구 반대편에서 반짝이는, 내가 모르는 어느 영롱한 물방울.

그토록 투명하고 아름다운, 아름다웠던 너의 눈동자. 언젠가 독일의 기차 안에서 마주친 젊은 그 여자, 방황하는 접시 같은 그의 다정한 눈빛을 나는 외면했었다. 연락처라도 주고받을걸……. 아쉽다.

1996년 스웨덴 한림원은 폴란드의 시인 쉼보르스카에게 노벨 문학상을 수여하며 "모차르트의 음악같이 잘 다듬어진 구조에, 베토벤의 음악처럼 냉철한 사유 속에서 뜨겁게

폭발하는 그 무엇을 겸비했다"라고 그의 시 세계를 요약했다.

투명한 물방울처럼 명징한 언어로 이루어진 쉼보르스카의 시는 어려운 비유나 상징을 동원하지 않고 삶과 죽음에 대하여 담담하게 말하면서도 급소를 찌른다. 누구나 알고 있지만 삶에 치여 때때로 잊고 사는 진실을 손바닥 뒤집듯이 우리에게 보여주며 쓸데없는 불안으로 두려워하지 말라고 다독인다.

"너는 사라진다—그러므로 아름답다"는 깨달음. 언젠가 우리가 죽기 때문에 사랑이 가능한 게 아닐까? 당신이 언젠가 내 앞에서 사라질 것이기 때문에, 볼 날이 얼마 남지 않았기에 그립고 아쉬움에 마음 조이며…… 마음이 타들어가지 않나.

참나무 The Oak

네 인생을 살아라,
젊거나 늙거나,
저 참나무처럼,
봄날엔 밝게 타오르는
황금빛으로 살다가;

여름엔 풍성하게
그리고; 때가 되면
가을이 모든 것을 바꿔놓아
더 진중해진 색조로
다시 황금빛이 되지.

나뭇잎들이
기어이 다 떨어지고
봐라, 그는 서 있지
나무의 몸통과 가지
벌거벗은 맨몸의 힘으로.

알프레드 테니슨(Alfred Tennyson 1809~1892)

짧고 간결하지만 인생의 깊은 뜻을 전해주는 영시. 테니
슨의 「참나무」를 처음 읽었을 때, 마지막 행의 "벌거벗은 맨
몸의 힘"이 주는 얼얼한 충격에 한동안 멍하게 있었다. 누
구나 피하고 싶어 하는 노년을 이렇게 긍정적이고 아름답
게 보다니. 어떻게든 늙지 않으려, 늙어 보이지 않으려 안간
힘을 쓰는 시대, 21세기는 가히 안티에이징(anti-aging)의 시
대라고 해도 무방하리. 시의 힘이 대단하구나. 자연을 다시
보게 만드는 힘. 인생을 다시 생각하게 하는 힘.

　알프레드 테니슨의 '참나무'는 힘과 지혜의 상징이다. 나
이가 들어 경험이 쌓인다고 다 지혜로워지지는 않지만. 인
간이라면 누구나 피할 수 없는 것. 늙으면 당신의 몸통과
가지가 다 드러난다. 잎이 떨어진 맨몸이 그다지 누추하지
않기를 바랄 뿐.

봄을 노래하는 3~5행을 지나 여름은 "여름엔 풍성하게 (Summer-rich)" 한 행으로 간단히 지나가고, 이 시의 방점은 가을에 찍혀 있다.

인생의 가을을 지나 겨울로 가는 길목에서 위로가 되는 시인데, 젊은이들도 이 시에 공감할까? 얼마 전에 노란 은행잎으로 물든 교정에서 대학생들을 만난 적이 있다. 나를 쳐다보던 어느 여학생의 눈이 밝게 빛나는 걸 보고 '아, 내 인생이 헛되지 않았구나' 잠시 위로받았다.

참나무가 어떻게 생겼는지 기억이 나지 않아 인터넷을 검색한 내가 부끄럽다. 'oak'는 북반구에서 자라는 나무로 재목이 단단하여 목재로 쓰인다. 우리말로 떡갈나무, 도토리나무라고도 불린다. 내 방에도 떡갈나무로 만든 수납장과 서랍장이 있다. 언젠가 에든버러에 가서 영국의 오크 나무가 얼마나 우람한지 내 눈으로 보고 싶다.

Champ À Giverny (1887)

3장

적당한 고독

허망에 관하여

내 마음을 열
열쇠꾸러미를 너에게 준다
어느 방 어느 서랍이나 금고도
원하거든 열거라
그러하고
무엇이나 가져도 된다
가진 후 빈 그릇에
허공부스러기 쯤 담아 두려거든
그렇게 하여라

이 세상에선
누군가 주는 이 있고
누군가 받는 이도 있다
받아선 내버리거나
서서히 시들게도 하는
이런 일 허망이라 한다
허망은 삶의 예삿일이며
이를테면 사람의 식량이다

나는 너를
허망의 짝으로 선택했다

너를
사랑한다

김남조(1927~2023)

에스프레소커피처럼 진하고 열정적인 시어들. "내 마음을 열/ 열쇠꾸러미를 너에게 준다"는 첫 문장을 읽고 나는 무장 해제 되었다. 어느 날 그가 왔다. 그에게 내 마음을 다 보여줄 수는 없다. 살아온 날이 얼마인데, 하나씩 차례로 열어야지. 이 서랍에는 유년의 뭉게구름, 저 서랍에는 청춘의 분홍 장미⋯⋯. 깊이 숨겨둔 금고에는 무엇이 있을까? 무엇이든 다 열고 가져도 된다니. 가슴에 서랍을 달고 있는 여인, 살바도르 달리의 조각 〈서랍이 있는 밀로의 비너스〉가 생각났다.

내 마음을 두드리는 그에게 열쇠를 넘겨주고 시인은 허망을 말한다. 어이없고 허무한 일. "받아선 내버리"는 몹쓸 짓을 나도 했다. 나를 도우려는 사람에게 가혹하게 대한 적도 있다. 그가 준 꽃다발을 시들기도 전에 내버리고, 누군가에게 허망을 안겨주고 내가 무사하길 바라는가. 허망도 인간의 양식이다. 그만 자책하고 "가슴들아 쉬자".

저주

길바닥에, 구르는 사랑아
주린 이의 입에서 굴러 나와
사람 사람의 귀를 흔들었다
'사랑'이란 거짓말아

처녀의 가슴의 피를 뽑는 아귀야
눈먼 이의 손길에서 부서져
착한 여인들의 한을 지었다
'사랑'이란 거짓말아

내가 미덥지 않은 미덥지 않은 너를
어떤 날은 만나지라고 기도하고
어떤 날은 만나지지 말라고 염불한다
속이고 또 속이는 단순한 거짓말아

주린 이의 입에서 굴러서
눈먼 이의 손길에 부서지는 것아
내 마음에서 사라져라
아! 목숨이 끊어지더라도

김명순(1896~1951)

사랑을 꿈꾸는 이 땅의 소녀들에게 들려주고 싶은 시.

근대 최초의 여성 작가 김명순이 백여 년 전에 이런 시를 썼다. 이렇게 사랑을 저주하는 시를 쓴 뒤에도 그이는 사랑을 했을 거다. 사랑에 굶주린 사람이었기에 '사랑'이란 거짓말에 속고 또 속을 수밖에. 착한 여자일수록 사랑에 약하다. 모질지 못하기에 "미덥지 않은 너를" 매몰차게 끊지 못한다.

"어떤 날은 만나지지 말라고 염불한다"는 표현이 재미있다. "주린 이의 입"과 "눈먼 이의 손길" 등 대구도 뛰어나다.

일본 유학 중 열아홉 살에 고향 선배로부터 데이트 강간을 당한 후 남성 문인들로부터 '더러운 피를 가진 여자'라는 낙인이 찍혀 조롱과 따돌림을 당했지만, 이에 굴하지 않고 소설 25편, 시 111편, 수필 20편 등 방대한 작품을 남긴 김명순의 에너지, 유머 감각과 한이 엿보이는 시.

그리움

오늘은 바람이 불고
나의 마음은 울고 있다.
일찍이 너와 거닐고 바라보던 그 하늘 아래 거리언마는
아무리 찾으려도 없는 얼굴이여.
바람 센 오늘은 더욱 너 그리워
긴 종일 헛되이 나의 마음은
공중의 깃발처럼 울고만 있나니
오오 너는 어드메 꽃같이 숨었느뇨.

유치환(1908~1967)

꽃 같은 아이들이 죽었다.

이태원 참사 뉴스를 일요일 아침에 외신에서 먼저 보았다. 이게 무슨 일인가. 믿어지지 않았다.

최초의 충격이 지나자 나는 이십 대의 아들딸을 둔 지인들이 생각나 '혹시?' 하는 마음에 안부를 묻는 문자를 보냈다.

―딸 이태원 안 갔지?

―자고 있는 애가 그리 고마울 수가 없더라.

이태원에 안 갔다는 회신을 받고 나서도 나는 무서웠다. 페이스북에 이번 사고에 대한 글을 올리려다 그만두었다. 어떤 말로 그 슬픔을 위로하리오. 지켜주지 못해 미안하다.

「그리움」은 유치환 시인의 첫 시집 『청마시초』에 수록된 시. "내 죽으면 한 개 바위가 되리라"라고 노래했던 바위의 시인이, 남성적이고 의지적인 시로 유명한 청마 선생이 사랑하는 이를 잃은 뒤 쓴 서정시다.

푸른 말처럼 뛰놀던 젊음. 꽃처럼 아름다웠던 아이들이 사라졌다. 너를 잃고 "공중의 깃발처럼 울고만" 있다는 표현이 절절하다. "아무리 찾으려도 없는 얼굴이여."

성공······ Success is Counted Sweetest

성공은 한 번도 성공하지 못한 사람에게
가장 달콤하게 여겨지지
과일즙의 참맛을 알려면
가장 쓰라린 허기가 필요하지

오늘 깃발을 들고 있는 자줏빛 옷을 입은
사람들 중 누구도 패배한 자만큼
승리를 분명하게 정의하지 못하지

패배해 죽어가는 병사의 귀에
멀리서 어렴풋이 승리의 환호가
고통스럽고 분명하게 들리지

에밀리 디킨슨(Emily Dickinson 1830~1886)

성공이란 무엇일까? 왜 사람들은 그토록 이기려 안간힘을 쓰는 걸까. 승리하기 위해서가 아니라 패배감을 곱씹지 않으려, 패자가 되지 않기 위해 싸우는 게 아닐까.

전투에서 승리한 군대와 "패배해 죽어가는 병사"의 이미지를 대비시키며 시인은 패배를 경험한 자만이 성공을 이해한다고 말한다. "가장 쓰라린 허기"를 경험한 자가 과일즙의 달콤함을 안다는 주장에 나는 동의하지 않는다. 허기가 너무 심하면 주스를 마셔도 주스의 순수한 맛을 모를 수 있다. 허기가 너무 심하면 주스를 급하게 마시다 죽을 수도 있다. 적당히 목마른 자가 과일즙의 맛을 음미할 줄 안다고 나는 생각한다.

지금은 19세기 미국을 대표하는 문학적 상상력으로 평가받지만, 에밀리 디킨슨은 살아서 시집 한 권 펴내지 않았고, 자신의 시에 제목을 붙이지도 않았다. 이 시를 읽으며 매사추세츠의 집과 마을을 떠나지 않았던 '은둔 시인' 디킨슨에 대한 선입견이 깨졌다. 그도 성공을 갈망했었다. 영화 〈조용한 열정〉에서는 예민하고 까칠한 노처녀로 그려졌지만 에밀리 디킨슨의 세계는 우리가 짐작하는 것보다 넓고 깊었다.

장미와 가시

눈먼 손으로
나는 삶을 만져 보았네.
그건 가시투성이였어.

가시투성이 삶의 온몸을 만지며
나는 미소 지었지.
이토록 가시가 많으니
곧 장미꽃이 피겠구나 하고.

장미꽃이 피어난다 해도
어찌 가시의 고통을 잊을 수 있을까
해도
장미꽃이 피기만 한다면
어찌 가시의 고통을 버리지 못하리오

눈먼 손으로
삶을 어루만지며
나는 가시투성이를 지나
장미꽃을 기다렸네.

그의 몸에는 많은 가시가

돋아 있었지만, 그러나,
나는 한 송이의 장미꽃도 보지 못하였네.

그러니, 그대, 이제 말해주오,
삶은 가시장미인가 장미가시인가
아니면 장미의 가시인가, 또는
장미와 가시인가를.

김승희(1952~)

꽃 중의 꽃, 장미를 노래한 시인은 많이 있었지만, 김승희 시인의 「장미와 가시」처럼 내 가슴을 때린 시는 없었다.

"눈먼 손으로" 삶을 만진다는 발상이 독특하다. 그냥 손이 아니라 하필 "눈먼 손"일까? 욕망에 눈이 멀어 하루하루를 사는 우리들. 무한 경쟁의 정글에 살다 보면 크고 작은 가시에 찔리게 마련. 금방 잊고 다시 먹고 자고 가시투성이의 온몸에 기름을 바르며 꽃이 피기를 기다린다. 장미꽃이 피기만 하면 고통을 잊을 텐데. 꽃을 피우느라 눈이 멀어……

내가 나를 찌를 때가 가장 아팠다. 남이 찔러서 생긴 상처는 시간이 지나면 잊히는데, 내가 나를 찌르면, 시간이 지나도 치유가 되지 않는다. 눈물이 마를 때까지 아파해야 괜찮아질까.

삶의 가시에 깊이 찔리지 않은 어린것들, 상실을 경험하지 않은 젊은것들은 행복하여라. 한 치 앞을 모르는 인생, 아무 일도 일어나지 않은 지루하고 단순한 일상을 감사히 받아들이시게.

La Maison dans les Roses (1925)

살아 남은 자의 슬픔 Ich, der Überlebende

물론 나는 알고 있다. 오직 운이 좋았던 덕택에

나는 그 많은 친구들보다 오래 살아 남았다. 그러나 지난 밤

꿈속에서

이 친구들이 나에 대하여 이야기하는 소리가 들려 왔다.

"강한 자는 살아 남는다."

그러자 나는 자신이 미워졌다.

베르톨트 브레히트(Bertolt Brecht 1898~1956)

김광규 옮김

수식어가 거의 없지만 그래서 더 선명한 슬픔이 포탄처럼 터지는 시. 운이 좋지 않아, 혹은 충분히 강하지 못해 스페인 국경에서 자살한 발터 벤야민 등 전쟁 통에 죽은 친구들에 대한 죄의식이 간결한 시어에 담겨 있다.

　미국으로 망명한 브레히트가 1944년에 독일어로 쓴 이 시의 원제는 「Ich, der Überlebende(나, 살아남은 자)」이다. 나치를 피해 미국으로 건너가 할리우드의 샌타모니카에 정착한 브레히트는 생계유지를 위해 시나리오를 써서 팔아보려 했고, 신발보다 더 자주 나라와 언어를 바꾸며 어찌어찌해 살아남았다. 타협을 하지 않으면 살아남을 수 없다.

이단과의 이별 李端公

고향 땅 여기저기 시든 풀잎이 뒤덮을 때
친구와의 헤어짐은 더없이 쓸쓸하였네.
떠나는 길은 차가운 구름 너머로 이어지고
돌아올 땐 하필 저녁 눈이 흩날렸었지.
어려서 부모 잃고 타향을 떠도는 신세
난리 통 겪는 중 우리 알게 됨이 너무 늦었네.
돌아보니 친구는 없고 애써 눈물을 감추니
이 풍진 세상 다시 만날 날은 언제일까.

노윤(卢纶 739~799)

류인 옮김

96

난리 통에 알게 된 친구는 얼마나 애틋할까. 이단과의 갑작스러운 이별을 슬퍼하는 노윤의 오언율시에 등장하는 '난리'는 중국 당나라를 뒤흔든 안녹산과 사사명의 반란을 뜻한다. 당대의 걸출한 시인 두보나 노윤의 시를 보면 약 9년 동안 지속된 전란이 민중들의 삶에 어떤 영향을 끼쳤는지 여실히 나타나 있다.

　태평성대가 아니라, 하루하루가 위태롭고 내일을 모르는 전쟁의 혼란 속에서 알게 된 친구와의 우정은 더욱 각별했을 것이다. 어려울 때 친구를 알아본다는 말이 있지 않은가. 전쟁은 고향이 다른 두 사람을 어느 날 한 곳에서 마주치게 해 둘도 없는 친구로 만들어준다.

　유랑 생활을 하다 친분을 맺게 된 노윤과 이단은 짧고 불꽃같은 우정을 나누다 금방 헤어졌지만, 두 젊은이의 눈물 어린 작별은 한 편의 시로 다시 태어났다. 친구와 헤어지는 날에 "하필 저녁 눈이" 흩날렸으니 몸과 마음이 얼마나 추웠으련만, 그래서 더 아름답고 잊을 수 없는 장면이 되었다.

바람이 불어

바람이 어디로부터 불어와
어디로 불려 가는 것일까,

바람이 부는데
내 괴로움에는 이유가 없다.

내 괴로움에는 이유가 없을까.

단 한 여자를 사랑한 일도 없다.
시대를 슬퍼한 일도 없다.

바람이 자꾸 부는데
내 발이 반석 위에 섰다.

강물이 자꾸 흐르는데
내 발이 언덕 위에 섰다.

윤동주(1917~1945)

"단 한 여자를 사랑한 일도 없다./ 시대를 슬퍼한 일도 없다." 이 두 문장을 읽으며 나는 윤동주 시인을 이해했다. '저항 시인'이라는, 후세에 우리가 덧붙인 외피에 가려진 그의 생얼굴. 이토록 정직한 고백, 치열한 자기반성을 조선의 다른 남성 문인들의 시에서 읽은 적이 없다. 그는 일제 강점기에 태어난 문학청년. 그의 가장 큰 관심은 여자이며 시대일 수밖에.

그는 이육사 시인처럼 일제에 적극적으로 저항한 투사는 아니었지만, 시대를 슬퍼하고 부끄러움을 아는 사람이었다. 식민지 백성의 슬픈 현실을 예민하게 인식한 시인. 내가 어떻게 할 수 없는 바람이 불고 강물이 흐르는데, 바위처럼 정체된 자신을 돌아보며 그는 괴로워했다.

윤동주 시인의 유고 시집 『하늘과 바람과 별과 시』의 발문에서 "그는 한 여성을 사랑하였다. 그러나 이 사랑을 그 여성에게도 친구들에게도 끝내 고백하지 않았다"는 친구의 글을 읽은 기억이 난다. 그처럼 사랑에도 시대에도 소극적이었던 사람조차 바람을, 폭풍을 비껴갈 수는 없었다.

향수

나의 고향은
저 산 너머 또 저 구름 밖
아라사의 소문이 자주 들리는 곳.

나는 문득
가로수 스치는 저녁바람 소리 속에서
여엄—엄 송아지 부르는 소리를 듣고 멈춰 선다.

김기림(1908~?)

고향을 그리워하는 마음을 담은 제목 '향수(鄕愁)'를 보는 것만으로도 정겹고 아련하다. 우리 일상에서 사라진 한자, '러시아'의 옛날식 표기인 '아라사(俄羅斯)'도 오랜만에 보니 애틋하다.

어떤 요란한 기교도 부리지 않고, 편안한 우리말로 쓴 시. 세 개의 행이 한 연을 이루는데, 아래 행으로 갈수록 넓게 퍼진 모양이 마치 산자락이 퍼지듯 시각적인 재미를 준다. 김기림은 1930년대 조선 문단에서 가장 앞서가는 모더니스트 시인이자 산문 작가였다.

2행에서 "저 산 너머" 뒤에 "저 구름 밖"의 대구도 절묘하다. "구름 밖" 뒤에 아무 글자도 붙이지 않고 행이 끝나, 갑자기 낭떠러지처럼 끊어진 공간감을 느끼게 한다. 고향과 시인 사이의 거리가 그처럼 멀었나. 김기림 시인의 고향은 함경북도 학성군, 항구에서 30리 떨어진 곳에서 자랐다고 한다.

「향수」의 4행에 들어간 '문득'처럼 사랑스러운 '문득'을 나는 본 적이 없다. 가로수를 건드리는 바람 소리 속에서 문득 "송아지 부르는 소리를 듣고" 고향이 생각나 멈춰 선 마음을, 감상에 빠지지 않고 또렷하게 잘 그려냈다.

행복 2

저녁 때
돌아갈 집이 있다는 것

힘들 때
마음속으로 생각할 사람 있다는 것

외로울 때
혼자서 부를 노래 있다는 것.

나태주(1945~)

돌아갈 집이 있다는 게 얼마나 큰 위안인지. 집이 있을 때와 없을 때의 삶의 질은 너무 다르다. 집은 쉬는 곳이다. 쉬어야 인간은 산다. 내 집이 있다면, 힘들 때 생각나는 사람이 없어도 외로울 때 혼자 부를 노래가 없어도 행복할 수 있지 않을까.

행복의 조건은 나이가 들면서 변하는 것 같다. 지금 내게 행복은 '이가 아프지 않은 것'이다. 아파도 통증이 오래 지속되지 않는 것, 잇몸 수술을 하지 않고 임플란트를 하지 않고, 발치를 하지 않고 그럭저럭 버티는 것이다.

어떤 행복은, 행복의 조건은 때로 처참하여 밖으로 발설할 수 없다.

슬픔 Sorrow

슬픔은 쉼 없는 비처럼
내 가슴을 두드린다.
사람들은 고통으로 뒤틀리고 비명 지르지만,—
새벽이 오면 그들은 다시 잠잠해지리라.
이것은 차오름도 기울음도
멈춤도 시작도 갖고 있지 않다.

사람들은 옷을 차려입고 시내로 간다.
나는 내 의자에 앉는다.
나의 모든 생각들은 느리고 갈색이다.
서 있거나 앉아 있거나
아무래도 좋다. 어떤 가운을 걸치든
혹은 어떤 구두를 신든.

에드나 세인트 빈센트 밀레이(Edna St. Vincent Millay 1892~1950)
최승자 옮김

이렇게 아름답게, 아름다운 이미지들로 슬픔을 노래하다니. 미국의 시인 빈센트 밀레이의 시적 능력에 어떠한 찬사도 부족하리라.

절묘한 각운과 밀도 높은 언어들, 꽉 짜인 구성······. 무엇이 그를 슬프게 하는지, 직접적인 설명은 피하면서 독자들을 슬픔으로 끌어당기는 비유가 탁월하다.

쉬지 않고 땅을 두드리는 비처럼 슬픔이 내 가슴을 두드린다. 밤에 고통으로 뒤틀리던 사람들도 새벽이 오면 잠잠해지고 아무 일도 없었다는 듯 옷을 차려입고 나가지만, 그의 슬픔에는 출구가 없다. 시작도 끝도 없다. 낮이든 밤이든 때와 장소를 가리지 않고 슬픔이 나를 두드리는데, 어떤 옷을 입든 어떤 신발을 신든 무슨 상관인가.

최승자 시인의 번역이 얼마나 뛰어난지 내가 더 덧붙이거나 뺄 단어가 없다. 슬픔이라는 구제 불능의 감정을 이토록 설득력 있게 묘사한 시를 나는 보지 못했다. 가까운 누가 죽었나? 사랑하는 이가 떠났나? 슬픔의 이유는 중요하지 않다. 중요한 건 내가 슬프다는 것.

절규

저렇게 떨어지는 노을이 시뻘건 피라면 너는 믿을 수 있을까

네가 늘 걷던 길이
어느날 검은 폭풍 속에
소용돌이쳐
네 집과 누이들과 어머니를
휘감아버린다면
너는 무슨 말을 할 수 있을까

네가 내지르는 비명을
어둠속에 혼자서
네가 듣는다면

아, 푸른 하늘은 어디에 있을까
작은 새의 둥지도

박영근(1958~2006)

박영근 시인의 유고 시집 『별자리에 누워 흘러가다』의 마지막에 실린 이 시는 노르웨이의 화가 에드바르트 뭉크의 그림 〈절규〉에서 영감을 얻어 쓴 시다.

  현대 미술의 상징적 이미지가 된 〈절규〉의 탄생 배경에 대해 뭉크의 일기에는 이렇게 적혀 있다. "어느 날 저녁 나는 한쪽에는 도시가 그리고 다른 한쪽에는 피오르드 해안이 펼쳐진 길을 따라 걷고 있었다. 피곤했고 아팠다. 나는 멈추어 서서 바다를 내려다보았다—태양이 지고 있었고, 구름이 피처럼 붉게 물들었다. 나는 자연이 내지르는 비명을 느꼈다. 비명소리를 들은 것 같았다. 그래서 나는 이 그림을 그렸다. 진짜 피를 흘리듯 구름을 그린 것이다. 색채들이 날카로운 비명을 질렀다."

  화가 뭉크 자신의 설명보다 그 그림을 보고 쓴 박영근 시인의 「절규」가 지금의 내게 더 가깝게 느껴진다. "네가 늘 걷던 길이/ 어느날 검은 폭풍 속에/ 소용돌이쳐" 길을 잃은 새 한 마리. 푸른 하늘은 어디에도 없다.

  안치환이 부른 민중가요 〈솔아 솔아 푸르른 솔아〉의 원작자인 박영근 시인을 술자리에서 한두 번 본 적이 있다. 그는 맑고 착하고 아름다운 사람이었다. 고인의 명복을 빈다.

Coucher de soleil (1868경)

4장

가장 좋은 것

겨울 길을 간다

겨울 길을 간다

봄 여름 데리고
호화롭던 숲

가을과 함께
서서히 옷을 벗으면

텅 빈 해질녘에
겨울이 오는 소리

문득 창을 열면
흰 눈 덮인 오솔길

어둠은 더욱 깊고
아는 이 하나 없다

별 없는 겨울 숲을
혼자서 가니

먼 길에 목마른

가난의 행복

고운 별 하나
가슴에 묻고
겨울 숲길을 간다

이해인(1945~)

새해를 맞이하며 이해인 수녀님의 시집을 읽은 적 있다. 성직 수녀라는 특수한 신분, 수녀원이라는 특별한 환경에서 잉태된 시들이기에 그의 시를 읽기 전에 어떤 선입견이 있었다. 간절하고 소박한 시구들을 찬찬히 음미하니 마음이 편안해졌다.

별다른 수식 없이 "겨울 길을 간다"로 시작되어 "봄 여름 데리고/ 호화롭던 숲"에 이르러 잠깐 쉬어 가고 싶었다. 계절의 변화를 이토록 간단히, 창의적으로 표현하다니. 봄날에 움트고 피어나 형형색색 땅과 하늘을 물들이다 여름에 만개하는 숱한 잎과 꽃들, 온갖 나무 울창한 숲에 서식하는 벌레들이며 지저귀는 새들의 노래, 태양과 우주의 조화가 만들어내는 눈부신 빛과 그림자들을 '호화롭던'이라는 단 한마디로 정리해 버린 그 절묘한 솜씨에 나는 감탄했다.

"서서히 옷을 벗으면"이라는 짧은 한 행을 읽었을 뿐인데 가을이 되어 잎을 떨군 나무들, 꽃이 진 자리들이 머리에 그려지듯 선명하게 떠오른다. "민들레의 영토"를 개척한 이해인 클라우디아 수녀님. 언제나 강건하시기를.

Sandvika, Norway (1895)

가장 좋은 것 Summum Bonum

한 해의 모든 숨결과 꽃은
벌꿀 한 봉지에 담겨 있고
광산의 모든 경이로움과 풍요는
어느 보석의 중심에 박혀 있고
바다의 빛과 그늘은
한 알의 진주 속에 맺혀 있다:
숨결과 꽃, 그늘과 빛, 놀라움과 풍요 그리고
—이 모든 것들보다 높은 곳에 있는

진실, 보석보다 더 빛나는
믿음, 진주보다 더 순수한
우주에서 가장 빛나는 진실, 가장 순수한 믿음
—이 모든 것이 한 소녀의 키스 속에 있었다

로버트 브라우닝(Robert Browning 1812~1889)

영국의 시인 엘리자베스 브라우닝의 남편인 로버트 브라우닝의 시 「Summum Bonum」은 라틴어로 '가장 높은 선'을 뜻하는데 우리말로 "가장 좋은 것"이라고 번역했다.

시인이 죽기 전에 펴낸 시집에 실린 짧은 시라 그 의미가 더 각별하게 다가온다. 언제 누구를 생각하며 쓴 시일까? 로버트가 자신보다 여섯 살 연상인 병약한 엘리자베스를 처음 만난 것은 엘리자베스가 서른아홉 살 때의 일이니, 시에 등장하는 소녀는 다른 여자라는 합리적 추론이 가능하다.

만해의 「님의 침묵」에 나오는 "날카로운 첫 키스의 추억"을 연상시키는 아름다운 시. 그러나 어떤 이들에겐 첫 키스가 생각하기도 싫을 만큼 더러울 수도 있으니…… 보석보다 빛나는, 진주보다 순수한 청춘의 입맞춤을 경험한 이들은 행복하여라.

죽기 전에 "우주에서 가장 빛나는" 무엇이 한 소녀의 키스와 함께 내게 왔다고 고백한 로버트를 무덤 속의 엘리자베스는 용서해야 할 것이다.

바니 아담 Bani Adam

동일한 본질로부터 창조된 아담의 자식들은
서로 연결된 전체의 일부분이다.
한 구성원이 다치고 아플 때,
다른 사람들은 평화로이 지낼 수 없다.
사람들의 고통에 대해
동정심을 느끼지 않는다면
당신은 인간이라고 불릴 수 없다.

사디 시라즈(Saadi Shīrāzī 1210~1291)

페르시아의 시인 사디 시라즈가 쓴 『장미정원』에 나오는 「바니 아담」을 처음 접했을 때, 나는 그다지 매료되지 않았다. 인류애를 노래하는 시들은 많다. 시의 발상이 "어떤 이의 죽음도 나를 감소시킨다"는 존 던의 문장을 연상시킨다. 그러나 존 던보다 삼백오십여 년 일찍, 인류애라는 개념이 희박하던 13세기의 페르시아 시인이 우리는 모두 하나로 연결되어 있다며 연민을 호소한 사실이 소중한 것이다.

바그다드, 시리아, 이집트, 예루살렘과 메카 등을 여행하고 돌아온 사디는 몽고의 침략으로 황폐해진 지역을 둘러보고, 살아남은 이들과 이야기를 나누고 글을 썼다.

사디의 시 중에서 뉴욕의 유엔 본부에 걸려 있는 「바니 아담」이 제일 유명하다. 'Bani Adam'은 '아담의 아들들' 혹은 '인류'를 뜻한다. 영국 록 밴드 콜드플레이의 노래 〈바니 아담〉을 들으며 인류의 스승을 떠올려보자.

봄은 고양이로다

꽃가루와 같이 부드러운 고양이의 털에
고운 봄의 향기가 어리우도다.

금방울과 같이 호동그란 고양이의 눈에
미친 봄의 불길이 흐르도다.

고요히 다물은 고양이의 입술에
포근한 봄 졸음이 떠돌아라.

날카롭게 쭉 뻗은 고양이의 수염에
푸른 봄의 생기가 뛰놀아라.

이장희(1900~1929)

푸른 봄의 향기를 한 마리 고양이를 통해 생생하게 보여 준 시. 1920년대에도 이장희 시인처럼 이미지로만 시를 쓴 시인이 있었다. 고양이를 싫어해 근처에 가지도 않지만, 이 장희 시인의 시를 읽는 동안만은 "미친 봄의 불길이" 흐르는 고양이가 두렵지 않고 고요히 다문 그 입술에 떠도는 포근한 봄 졸음이 만져질 듯하다. 이 시에서 내가 제일 좋아하는 단어는 '호동그란'이다. 호기심 많고 동그란 고양이의 눈이 금방 떠오르지 않나.

백여 년 전 이토록 감각적이고 현대적인 시를 쓴 시인은 어떤 사람이었을까. 이장희 시인의 출생 연도 '1900년' 옆에 붙은 '고종 37'을 보니 그가 살아낸 시대의 묵직한 무게가 실감 난다. 대한제국을 거쳐 일제 강점기를 살다 스물아홉 살에 요절한 시인. 그는 소수의 문인들하고만 교류하다 1929년 자신의 집에서 음독 자살했다고 한다. 윤동주 시인처럼 일제의 감옥에서 사망한 시인들 못지않게 나는 이장희 시인의 마지막이 안타깝다.

훗날 그를 기릴 이렇다 할 명분도 없이 세상을 버린 사람. 오래 살고 인맥이 넓어야 문단에서 기억되고 문학사에 남는데…… 그러나 그는 겨레가 두고두고 음미할 불후의 명작을 남겼다. 그의 '고양이'가 아무개가 토해낸 만여 편의 시보다 내겐 더 값지다.

꿈같은 이야기 *夢みたいなこと*

내가 뭔가 말하면
모두가 바로 웃으며 달려들어
"꿈같은 이야기는 하지 마" 해서
나조차도
그런가 싫어진다.

그래도 나는
포기할 수 없어서
그 꿈같은 이야기를
진심으로 꿈꾸려 한다

그런 터라
이제 친구들은 놀리지도 않는다
"또 그 이야기야!" 하는 투다
그런데도 꿈을 버리지 못해서
나 홀로 쩔쩔매고 있다.

김시종(金時鐘 1929~)

곽형덕 옮김

나도 내 꿈을 여태 버리지 못해서 홀로 쩔쩔매고 있다. 버릴 수 있다면 꿈이 아니겠지. 꿈이 없다면 죽은 목숨이나 마찬가지라고 어느 시인이 말하지 않았던가.

"다다를 수 없는 곳에 지평이 있는 것이 아니다. / 네가 서 있는 그곳이 지평이다"라는 묵직한 서문으로 시작하는 재일(在日) 시인 김시종의 시집 『지평선』에서 내가 가장 편안히 감상할 수 있는 시는 「꿈같은 이야기」였다.

그의 "꿈같은 이야기"를 나는 알 수 없고 상상할 수도 없지만, 그 간절함만은 고스란히 전해진다. 김시종 시인은 부산에서 태어나 제주도에서 자랐고 1948년 제주 4·3 항쟁에 참여한 뒤 일본으로 밀항해 1950년 무렵부터 일본어로 시를 쓰기 시작했다. 한국어로 번역된 그의 시들을 읽으며 경계인으로 사는 슬픔과 분노를 넘어선 어떤 힘이 느껴졌다. 그 밝고 어두운 활기는 어디서 온 것일까? 자신의 운명을 스스로 개척한 자의 자신감이 아닐까.

구름을 보고

몽실몽실 피어나는
구름을 보고
할머니는 "저것이 모두 다 목화였으면"

포실포실 일어나는
구름을 보고
아기는 "저것이 모두 다 솜사탕였으면"

할머니와 아기가
양지에 앉아
구름 보고 서로 각각 생각합니다.

권태응(1918~1951)

한 폭의 수채화처럼 담백하고 고운 동시. 할머니와 아기가 양지에 앉아 흰 구름을 바라보는 풍경을 상상만 해도 머리가 깨끗해진다.

세 개의 행이 한 연을 이루며 각 연의 1행과 2행의 글자 수가 같고 서로 대구를 이루는, 단순하면서도 정교하게 짜인 구성. 구름을 바라보는 할머니와 아기를 보고 시인은 참으로 많은 생각을 했고, 그래서 이렇게 입체적이며 철학적인 시가 나왔다. 똑같은 사물을 보고 우리는 각자의 처지와 욕망에 따라 다른 생각을 한다.

할머니에게는 목화처럼 '몽실몽실' 피어나고 아기에게는 솜사탕처럼 '포실포실' 일어나는 구름. 몽실몽실과 포실포실이 예뻐서 자꾸 보게 된다. 의태어 하나만 적재적소에 잘 써도 시가 살아난다.

「구름을 보고」처럼 목가적인 시골 풍경을 어디 가면 다시 만날 수 있을까. 농촌을 배경으로 소박하며 깊은 여운을 남기는 동시를 썼고 독립 운동을 했던 권태응 시인은 1951년 서른네 살의 젊은 나이에 세상을 떠났다.

뜻밖에 외사촌 노윤이 자러 오다 喜外弟卢纶见宿

적막한 밤 사방에 인가라고는 없는
황량한 벌판에 살며 살림살이도 궁색한데
빗속에 위태한 누런 나뭇잎들은
등불 아래 백발 성성한 늙은이 같아라.
너무 오래 홀로 쓸쓸하게 지내다 보니
염치없게 자네가 자주 와 주길 바라게 되네.
우리 원래 평생에 걸친 인연이거늘
하물며 외사촌 사이이니 말해 무엇하랴.

사공서(司空曙 740~790 추정)

류인 옮김

『당시 300수』를 읽는데 외사촌과의 우연한 만남을 노래한 오언율시들이 많다. 한적하고 황량한 벌판에 사는 가난한 시인을 어느 날 외사촌이 찾아왔다. 얼마나 반가웠으면 시 제목이 '뜻밖에'로 시작하나. 교통이 발달하지 않은 옛날에는 친척을 찾아가려면 며칠이 걸렸고 그 집에서 자고 오는 건 필수였으리. 이야기를 주고받다 어느새 밤이 깊어 이불을 깔고 누워 두런두런 회포를 푸는 재미가 꿀맛이었을 것이다.

늙고 외로운 처지를 빗댄 "빗속에 위태한 누런 나뭇잎"이란 표현이 절묘하다. 오래 홀로 지내다 보니 "염치없게 자네가 자주 와 주길 바라게 되네"라고 고백하는 시인. 이 시의 백미는 '염치없게'가 아닐까. 당나라 때의 천재들을 기록한 『당재자전(唐才子傳)』에 따르면 사공서는 용모가 준수하고 재능이 특출하지만 성품이 강직하여 부귀와 권세에 상관하지 않았다고 한다.

시를 읽은 뒤 내가 궁색하지 않으며, 인적 없는 들판이 아니라 서울 한복판에 말뚝을 꽂고, 우아하고 말이 통하는 이웃들과 가까이 산다는 사실에 안도했다. 당시를 읽고 위로받다니 세상에!

아버지의 마음

바쁜 사람들도
굳센 사람들도
바람과 같던 사람들도
집에 돌아오면 아버지가 된다.

어린 것들을 위하여
난로에 불을 피우고
그네에 작은 못을 박는 아버지가 된다.

저녁바람에 문을 닫고
낙엽을 줍는 아버지가 된다.

바깥은 요란해도
아버지는 어린것들에게는 울타리가 된다.
양심을 지키라고 낮은 음성으로 가르친다.

아버지의 눈에는 눈물이 보이지 않으나,
아버지가 마시는 술에는 항상 눈물이 절반이다.

아버지는 가장 외로운 사람들이다.
가장 화려한 사람들은

그 화려함으로 외로움을 배우게 된다.

김현승(1913~1975)

   마지막 두 행의 여운이 길다. 겉이 화려해 보이는 사람들이 속으로 더 외로울 수 있다. 분단된 조국, 격동의 현대사를 '아버지'로 살며 처자식을 부양하느라 밖에서 그가 무슨 일을 했는지, 어떤 굴욕과 수모를 감내했는지 자식들은 모른다. 아버지가 홀로 흘린 눈물을 우리들은 모른다. "바람과 같던" 아버지의 마음을 마흔이 넘어서야 조금 헤아리게 되었으나 늘 받는 것에만 익숙한 딸은 아비를 모른 척했다. 나중은 없다. 지금 부모님에게 잘하시라.

   "가을에는 기도하게 하소서"라는 명구를 남기고 플라타너스를 사랑했던 시인. 일제 말기에 타협을 거부하고 십여 년간 침묵을 지켰던, 영웅이 되려고 몸을 던지지는 않았으나 양심을 지키며 기도하는 마음으로 살다 간 김현승 시인. 그 깨끗하고 겸허한 모국어로 한 땀 한 땀 새긴 시들이 오래오래 겨레의 마음에 살아 있기를 바란다.

나무들 Trees

한 그루 나무처럼 사랑스런
시를 나는 결코 볼 수 없을 거야.

그 굶주린 입술은 대지의 가슴에서
흐르는 달콤한 물을 재빨리 빨아들이지

하루 종일 하느님을 쳐다보며,
잎사귀 무성한 팔을 들어 기도하는 나무

여름이면 자신의 머리 위에
울새들의 둥지를 마련해 주는 나무

그 너그러운 가슴에 눈이 내려앉고
빗방울과 친하게 지내는 나무

시는 나 같은 바보들이나 만들지만,
오직 하느님만이 나무를 만들 수 있지.

조이스 킬머(Joyce Kilmer 1886~1918)

"시는 나 같은 바보들이나"를 읽으며 가슴속이 다 시원해진다. 이런 갑작스러운 통쾌함, 시가 우리에게 주는 최고의 선물이다.

시에 등장하는 나무는 대지로부터 영양분을 빨아들이는 "굶주린 입술"과 팔, 머리와 가슴을 가진 여인으로 의인화되어 있다. 인간이 만든 예술 작품인 시와 신(자연)을 대비시켜, 신이 창조한 나무들이 얼마나 사랑스럽고 위대하며 너그러운 존재인지를 노래한 열두 행의 서정시. 단순하고 감상적인 시어가 대중적인 인기를 누려 여러 음악가들에 의해 노래로 만들어졌다.

지상에서 가장 아름다운 것들은 생명이며 자연이다. 거리에 울긋불긋 낙엽이 쏟아져 뒹구는 가을날, 킬머의 시 「나무들」을 읽으며 내가 떠올린 나무는 가로수였다. 가로수를, 길가에 나무를 처음 심은 이는 누구였을까? 문득 궁금해진다.

제1차 세계대전에 참전해 서른두 살 꽃다운 나이에 죽었다는 시인의 5월 나무처럼 싱그러운 사진을 보자 가슴이 먹먹해졌다. 주름이라곤 보이지 않는 통통한 이마, 총명한 얼굴, 자신을 확신하는 눈빛. 늙은 모습을 남기지 않은 시인.

누가 바람을 보았을까 Who Has Seen the Wind?

누가 바람을 보았을까
나도 아니고 당신도 아니지:
그러나 나뭇잎들이 흔들릴 때
바람이 지나가고 있는 거지.

누가 바람을 보았을까
당신도 아니고 나도 아니지:
그러나 나무들이 고개를 숙일 때
바람이 지나가고 있는 거지.

크리스티나 로제티(Christina Rossetti 1830~1894)

이 시를 보고 '아하!' 미소 지으며 감탄한다면 당신은 아직 순수를 잃지 않은 사람이다. 눈에 보이지 않는 바람. 바람의 실체를 본 사람은 없다. 전에 내가 읽었던 크리스티나 로제티의 시들은 「이브의 딸(A Daughter of Eve)」이나 「노래(Song)」처럼 대개 우울하고 어두웠는데, 그의 시 세계는 넓고 깊어서 「누가 바람을 보았을까」처럼 누구나 이해할 수 있는 귀여운 시가 꽤 있다.

「누가 바람을 보았을까」는 훗날 노래로 만들어져 영국의 아이들이 즐겨 부르는 동요가 되었다. 로제티의 이 유명한 시를 차용해 오노 요코가 작곡한 노래도 있다. 1절의 가사는 로제티의 시와 똑같지만 2절부터 노래가 심오해진다. "누가 내 사랑을 보았나", "누가 당신의 꿈을 보았나"에 이르러 나는 탄식했다. 바람. 사랑. 꿈. 이 세상에는 눈에 보이지 않는 것들이 있다. 눈에 보이지 않는, 잡히지 않는 그것을 눈에 보이는 생생한 시로 만든 시인의 재능에 찬사를 보낸다.

저녁 식사 ゆうごはん

교도소로 가야 합니다
남자에게 통역하고 법원에서 집으로 가는 길
백화점 지하 상점에 들려 가다랑어 다타키를 사서
전철에 뛰어 올라 좁은 자리에 엉덩이를 밀어 넣었다

오늘 맡은 사람은 생각보다 담담했나
무릎 위에 얹힌 비닐봉지가 회 얼음 탓에 차갑다
가다랑어는 양파를 많이 썰어 같이 먹어야겠다

집에 들어와 바로 쌀을 씻는다
반성하고 있어요 다시는 안 그럴게요
남자의 말들이 질끔질끔 쌀뜨물을 타고 흘러 내려간다
밥솥 취사 버튼을 누르면 빨간 불이 들어온다

갓 지은 흰쌀밥의 고소한 김을 맡고
초간장에 다진 마늘을 넣고
늘 하던 대로 저녁 식사를 한다
교도소로 가야 합니다
남자에게 통역한 말 따위는
차가운 맥주를 목 뒤로 넘기면서

완벽하게 잊은 것처럼 들이켰다

정해옥(丁海玉 1960~)

손유리 옮김

　정해옥은 일본의 가나가와현에서 태어난 재일교포 2세
시인이다. 일본에서 어린 시절을 보내고 1980년 서울대학교
에 입학해 역사를 공부하며 언어 문제로 고민하다 시를 쓰
기 시작했다. 대학을 졸업한 뒤 30년 동안 오사카의 법정에
서 한국인 피고인들의 통역사로 일했다.

　「저녁 식사」에는 법정통역인(法廷通譯人)으로 활동하다 집
에 돌아와 밥을 지어 먹는 그의 일상이 고스란히 배어 있
다. 30년 넘게 한국어와 일본어, 두 개의 언어를 이어주는
일을 해온 그 정성, 조국을 잊지 않는 마음이 애틋하다.

　"남자에게 통역한 말 따위는 (…) 완벽하게 잊은 것처럼"이
라고 시에서는 썼지만, 잊지 않았기에 그의 마음에 남은 앙
금을, 차가운 맥주와 함께 삼킨 어떤 덩어리를 시로 꺼내어
보여준 게 아닌가. 그가 일본에서 펴낸 첫 시집의 제목『국
어의 규칙』에서도 한국어와 일본어를 오가며 자신의 정체
성을 고민하는 모습이 어른거린다.

정의는 축구장에만 있다

컴퓨터를 끄고
냄비를 불에서 내리고
설거지를 하다 말고
내가 텔레비전 앞에 앉을 때,
지구 반대편에 사는 어느 소년도 총을 내려놓고
휘슬이 울리기를 기다린다

우리의 몸은 서로 죽이기 위해서가 아니라
놀며 사랑하기 위해 만들어진 존재

그들의 경기는 유리처럼 투명하다
누가 잘했는지 잘못했는지,
어느 선수가 심판을 속였는지,
수천만의 눈이 지켜보는
운동장에서는 위선이 숨을 구석이 없다

하늘이 내려다보는 푸른 잔디 위에
너희들의 기쁨과 슬픔을 묻어라

최영미(1961~)

2005년에 출간한 시집 『돼지들에게』에 실린 시. 이 시를 쓸 무렵 나는 혈기왕성한 사십 대였고, 길을 가다 공이 내 앞에 굴러오면 공을 차고 싶어 발이 근질거렸고, 자기들끼리만 공을 주고받는 문단 권력에 대해 분노했다. 지금은 그때처럼 정의에 민감하지 않다. 특정인 혹은 특정 집단에 대해 적대감을 느낄지라도 적당히 감추는 법을 알며, 설거지를 하다 말고 축구를 보러 텔레비전 앞으로 뛰어가지도 않는다.

축구장에선 오프사이드 판정이 나면 골이 취소되는 게 정의다. 상대방에게 심한 태클을 하면 옐로카드를 받고, 옐로카드를 두 번 받으면 퇴장해야 한다. 팔꿈치를 써서 상대를 가격해도 심판에게 들키지 않으면 경고를 받지 않지만, 심판은 속일지언정 관중을 다 속일 수는 없다. 축구장에서의 정의는 간단하다.

봄에 꽃들은 세 번씩 핀다

필 때 한 번
흩날릴 때 한 번
떨어져서 한 번

나뭇가지에서 한 번
허공에서 한 번

바닥에서 밑바닥에서도 한 번 더

봄 한 번에 나무들은 세 번씩 꽃 핀다

김경미(1959~)

앙증맞고 순발력이 뛰어난 시. 꽃잎이 피어났다 흩날리다 떨어지는 찰나를 잡아서 언어의 꽃을 피웠다. 오랜 관록에서 우러난 군더더기 없이 깔끔한 솜씨가 돋보인다. 가슴속을 파고든 그 순간의 느낌이 잊히기 전에, 그 빛이 우리의 망막에 남아 있는 동안, 현장에서 시를 만들어야 좋은 작품이 된다.

피는가 싶었는데 벌써 지고 있다. 어떤 꽃을 보고 이런 예쁜 시를 썼을까? 목련은 아닌 것 같고 진달래도, 개나리도 아니고, 벚꽃이 눈앞에 하늘거린다. 허공에 휘날리는 벚꽃이 절정으로 치달을 때, 슬픔 없이 봄을 음미할 수 있으면 행복한 사람이다.

「봄에 꽃들은 세 번씩 핀다」는 라디오 방송을 통해 처음 발표된 시다. 라디오 방송 작가인 김경미 시인은 KBS FM 라디오 프로그램인 〈김미숙의 가정음악〉에 원고를 쓰며 매일 한 편의 시를 지어 방송에 내보냈다.

생방송에 그가 건넨 원고는 "봄에 꽃들은 두 번 핀다/ 꽃 필 때 한 번/ 꽃 져서 한 번"이었는데, 방송 나간 다음 날에 길을 가다가 허공 가득 휘날리는 벚꽃을 보고는 아차 싶었고, 그래서 세 번으로 바꿨다고 한다. 세 번, 네 번 가슴 바닥을 물들이는…….

올드 랭 사인 Auld Lang Syne

오래된 친구들을 잊어야 하나,
다시는 마음에 떠올리지 말아야 하나?
그토록 오래된 친구들을
어떻게 잊을 수 있을까?

흘러간 옛날을 위하여, 그대여
오래 전 옛날을 위하여,
우리 다정한 축배를 들자,
흘러간 옛날을 위하여.

그래 너는 너의 술을 사고
나는 내 술을 살 거야!
우리 다정한 축배를 들자,
흘러간 옛날을 위하여.

우리 둘은 언덕을 뛰어다니며,
아름다운 데이지 꽃을 꺾었지:
우리는 발이 닳도록 돌아다녔지,
아주 오래 전 옛날에……

로버트 번스(Robert Burns 1759~1796)

로버트 번스가 스코틀랜드의 민요를 채록한 가사에 곡을 붙인 〈올드 랭 사인〉은 세계에서 〈Happy Birthday to You〉 다음으로 많이 불리는 노래라고 한다. 1896년 배재학당 학생들이 〈올드 랭 사인〉 선율에 애국가를 부른 뒤 독립운동가들 사이에서 국가처럼 불리던 노래. 2021년, 홍범도 장군의 유해가 고국으로 돌아오던 날, 서울공항에는 홍범도 장군이 살아생전 불렀을 〈올드 랭 사인〉의 선율에 맞춘 애국가가 울려 퍼졌다. "동해물과 백두산이 마르고 닳도록"을 듣는데 왠지 눈물이 나왔다. 훗날 이별의 노래로 번안된 〈올드 랭 사인〉은 졸업식장에서 애창되기도 했다.

스코틀랜드어 제목인 〈Auld Lang Syne(old long since)〉은 우리말로 '오래 전부터', '옛날에'라고 옮길 수 있겠다. 스코틀랜드 사람들은 서로 손을 잡고 〈올드 랭 사인〉을 부르며 한 해를 보내고 새해를 맞는다. 얼마 전 에든버러대학교에서 북토크를 한 뒤 내 책을 팔고 받은 지폐에 로버트 번스의 초상이 새겨져 있었다. 시인을 아끼고 기념하는 그들이 부러웠다.

"우리 둘은 언덕을 뛰어다니며, / 아름다운 데이지 꽃을 꺾었지"를 읽으며 문득 옛 친구가 그리워졌다. 나와 함께 세검정 뒷동산을 누비며 앵두를 따먹던 그 아이들은 지금 무얼 하고 있을까.

Cliff Walk at Pourville (1882)

| 작품 출처 |

1장 하루 종일 내 사랑과

- 이성복, 「서시」, 『남해 금산』, 문학과지성사, 1994
- Robert Bridges, 「When June is Come」, *betterlivingthroughbeowulf. com/life-is-delight-when-june-is-come/*
- 김광규, 「밤눈」, 『좀팽이처럼』, 문학과지성사, 2015
- Alfred Tennyson, 「Flower in the Crannied Wall」, *The Charge of the Light Brigade and Other Poems*, Dover Publications, 1992
- 한용운, 「꿈과 근심」, 『님의 침묵』, 열린책들, 2022
- 이성복, 「남해 금산」, 『남해 금산』, 문학과지성사, 1994
- 토머스 하디, 「거울 속을 들여다보네」, 윤명옥 옮김, 『하디 시선』, 지식을만 드는지식, 2021
- 이청조, 「성성만(声声慢), 이리 보고 저리 보아도」, 류인 옮김, 『宋词 300首 (下)』, 소울앤북, 2023
- 작자 미상, 「매실을 따고 있네요」, 이기동 역해, 『시경강설』, 성균관대학교 출판부, 2004
- Sara Teasdale, 「Gifts」, *Love Songs(Illustrated)*, Independently published, 2020
- 황인찬, 「무화과 숲」, 『구관조 씻기기』, 민음사, 2012

2장 지난 시절은 돌아오지 않아도

- William Butler Yeats, 「The Wheel」, *Poems of W. B. Yeats (Wordsworth Poetry Library)*, Wordsworth Editions Ltd, 2000
- 주병권, 「봄」, 『떠나는 풍경』, 지성의 샘, 2018
- 기욤 아폴리네르, 「미라보 다리」, 송재영 옮김, 『미라보 다리』, 민음사, 1994
- 마츠오 바쇼, 「가는 봄이여」, 김정례 옮김, 『바쇼의 하이쿠 기행 1 오쿠로 가는 작은 길』, 바다출판사, 2008

- 마츠오 바쇼, 「바위에 스며드는 매미 소리」, 김정례 옮김, 『바쇼의 하이쿠 기행 1 오쿠로 가는 작은 길』, 바다출판사, 2008
- 김일엽, 「시계추를 쳐다보며」, 김우영 엮음, 『김일엽 선집』, 현대문학, 2012
- Robert Frost, 「Nothing Gold Can Stay」, *Robert Frost: Collected Poems, Prose, and Plays*, Library of America, 1995
- 왕유, 「중난산 오두막」, 류인 옮김, 『唐诗 300首 (中)』, 소울앤북, 2021
- 헨리 워즈워스 롱펠로, 「마음속의 가을」, 김천봉 옮김, 『헨리 워즈워스 롱펠로』, 이담북스, 2012
- 헤르만 헤세, 「날아가는 낙엽」, 송영택 옮김, 『헤르만 헤세 시집』, 문예출판사, 2013
- 허영자, 「감」, 『모순의 향기』, 시인생각, 2013
- 이반 투르게네프, 「누구의 죄」, 김학수 옮김, 『투르게네프 산문시』, 민음사, 1997
- 라이너 마리아 릴케, 「해넘이의 마지막 인사」, 송영택 옮김, 『릴케 시집』, 문예출판사, 2014
- Jackie Kay, 「Promise」, *pickmeuppoetry.org/promise-by-jackie*
- 비스와바 쉼보르스카, 「두 번은 없다」, 최성은 옮김, 『끝과 시작』, 문학과지성사, 2021
- Alfred Tennyson, 「The Oak」, *allpoetry.com/The-Oak*

3장 적당한 고독

- 김남조, 「허망에 관하여」, 『가슴들아 쉬자』, 시인생각, 2012
- 김명순, 「저주」, 맹문재 엮음, 『김명순 전집 시·희곡』, 현대문학, 2009
- 유치환, 「그리움」, 『청마시초』, 열린책들, 2022
- Emily Dickinson, 「Success is Counted Sweetest」, *Hope Is the Thing with Feathers: The Complete Poems of Emily Dickinson*, Gibbs Smith, 2019

- 김승희, 「장미와 가시」, 『흰 나무 아래의 즉흥』, 나남, 2014
- 베르톨트 브레히트, 「살아 남은 자의 슬픔」, 김광규 옮김, 『살아 남은 자의 슬픔』, 한마당, 1990
- 노윤, 「이단(李端)과의 이별」, 류인 옮김, 『唐诗 300首 (中)』, 소울앤북, 2021
- 윤동주, 「바람이 불어」, 『하늘과 바람과 별과 시』, 열린책들, 2004
- 김기림, 「향수」, 『김기림 시집』, 범우사, 2021
- 나태주, 「행복 2」, 『당신이 오늘은 꽃이에요』, 시공사, 2019
- 에드나 세인트 빈센트 밀레이, 「슬픔」, 최승자 옮김, 『죽음의 엘레지』, 인다, 2017
- 박영근, 「절규」, 『별자리에 누워 흘러가다』, 창비, 2007

4장 가장 좋은 것

- 이해인, 「겨울 길을 간다」, 『민들레의 영토』, 가톨릭출판사, 1976, 2016
- Robert Browning, 「Summum Bonum」, *Robert Browning-Asolando: Fancies and Facts,* CreateSpace Independent Publishing Platform, 2018
- Saadi Shīrāzī, 「Bani Adam」, *en.wikipedia.org/wiki/Bani_Adam*
- 이장희, 「봄은 고양이로다」, 『초판본 이상화·이장희 시선』, 지식을만드는지식, 2014
- 김시종, 「꿈같은 이야기」, 곽형덕 옮김, 『지평선』, 소명출판, 2018
- 권태응, 「구름을 보고」, 『권태응 전집』, 창비, 2018
- 사공서, 「뜻밖에 외사촌 노윤(卢纶)이 자러 오다」, 류인 옮김, 『唐诗 300首 (中)』, 소울앤북, 2021
- 김현승, 「아버지의 마음」, 『가을의 기도』, 시인생각, 2013
- Joyce Kilmer, 「Trees」, *"Trees" and Other Best Loved Poems by Joyce Kilmer,* Independently published, 2021
- Christina Rossetti, 「Who Has Seen the Wind」, *Christina Rossetti:*

Complete Poems and Stories, Lexicos Publishing, 2012

- 丁海玉, 「ゆうごはん」, 『こくごのきまり』, 土曜美術社出版販売, 2010
- 최영미, 「정의는 축구장에만 있다」, 『돼지들에게』, 이미, 2020
- 김경미, 「봄에 꽃들은 세 번씩 핀다」, 『카프카식 이별』, 문학판, 2020
- Robert Burns, 「Auld Lang Syne」, *Poems and Songs*, Dover Publications, 2012

나에게 영혼을 준 건 세 번째 사랑이었지

초판 1쇄 2024년 11월 5일

지은이 | 최영미
펴낸이 | 송영석

주간 | 이혜진
편집장 | 박신애 **기획편집** | 최예은 · 조아혜 · 정엄지
디자인 | 박윤정 · 유보람
마케팅 | 김유종 · 한승민
관리 | 송우석 · 전지연 · 채경민

펴낸곳 | (株)해냄출판사
등록번호 | 제10-229호
등록일자 | 1988년 5월 11일(설립일자 | 1983년 6월 24일)

04042 서울시 마포구 잔다리로 30 해냄빌딩 5 · 6층
대표전화 | 326-1600 **팩스** | 326-1624
홈페이지 | www.hainaim.com

ISBN 979-11-6714-101-9